わたしが少女型ロボットだったころ

石川宏千花

偕成社

わたしが少女型ロボットだったころ

装画・挿絵　山田緑
装丁　河村杏奈
（大塚いちお事務所）

もくじ

さよなら、ごはん

1

ふわふわのオムレツに、そっとおはしの先を入れた。

半熟《はんじゅく》の部分がじわりと白いお皿の上にあふれて、横に添《そ》えてあったケチャップの赤と混ざる。

あれ？　と思った。

わたしはこれを、どうするつもりなんだろう。

動きの止まったわたしに、ママが言う。

「どうしたの？　多鶴《たづる》。殻《から》でも入ってた？」

わたしは、ううん、と首を横にふる。

「殻は入ってないよ。ただ……」

「ただ、なによ?」

「……わたし、これを食べようとしてたみたいだから、あれ? って思って」

ママが、お化粧《けしょう》する前の薄《うす》いまゆをきゅっと引きよせながら、「は?」と言う。

「なに言ってるのよ、多鶴《たづる》。ママ、意味わかんないんだけど」

「えっ、どうして?」

「どうしてって……ちょっと、やだ、多鶴。寝《ね》ぼけてるの?」

「寝ぼけてないよ。だから、いまわたしね、これを食べようとしてたの。おかしいでしょ、そんなの」

ママの顔つきが、変わった。

「ねえ、多鶴。おかしなこと言うのやめて。あなたはいま、朝ごはんを食べてるの。それのなにがおかしいの。なにもおかしくなんかないでしょ?」

朝ごはん。

わたしが?

どうしてわたしが、そんなものを食べなくちゃいけないの?

「食べる必要なんかないのに……」

わたしがぼそりとつぶやいたひと言に、ママがまた、「は?」と言った。

眉間《みけん》のしわが、さっきよりずっと深くなっている。

「ねえ、いっちゃん。多鶴《たづる》がわけわかんないこと言ってるんだけど」

ママはとうとう、ひさしぶりに泊《と》まりにきてリビングのソファでぐったりしていた朝の弱い〈いっちゃんさん〉に、声をかけてしまった。

わたしはあわてて食卓《しょくたく》から離《はな》れる。

「ママ、残してごめんね。ごちそうさま」

ほとんど手をつけていない朝食をそのままにして、わたしは逃《に》げるようにダイニングから廊下《ろうか》へと出てしまう。

「ちょっと、多鶴! たーちゃんっ。どうしてこんなに残すのよ。食欲《しょくよく》ないの? だったらちゃんとそう言ってよ、もうっ」

ママが〈いっちゃんさん〉となにを話してもいいけど、わたしのことを勝手に話すのはやめてほしかった。

わたしは〈いっちゃんさん〉を好きでも嫌《きら》いでもないけれど、ママが〈いっちゃんさん〉にわたしのことを話したり、それに対して〈いっちゃんさん〉がなにか答えているのを聞くと、頭の中がかーっとなる。かーっとなった頭の中で、やめて、お願いやめてって声には出せない声でさけんでしまう。

廊下《ろうか》に置いておいた通学バッグをさっと肩《かた》にかけると、「いってきまーす」とダイニングにいるママに声をかけてから、わたしは玄関《げんかん》のドアを開けた。急いで外に体を出してしまってから、後ろ手でドアを閉める。

ほっとしたとたん、軽いため息が出た。

わたしはおかしなことを言ったつもりはなかったけれど、ママがあれだけイライラしていたのだから、きっとなにかおかしなことを言ったんだと思う。

こういうときは、もうしゃべらないほうがいいんだって、最近わかってきた。噛《か》みあわないいましゃべりつづけても、余計《よけい》にこじれるだけ。余計にママをいらだたせるだけ。

それに、前はわたしのことはなんでもママに知っておいてもらいたかったけれど、いまはもう、そんなふうには思えなくなった。

わたしがママに話したことを、ママは〈いっちゃんさん〉にも話してしまうかもしれないからだ。

わたしとママだけの秘密は、もう存在しない。

だから、最近のわたしは無理してなんでもママに話そうとはしなくなったのだけど、そんなわたしのことをママは、とうとう多鶴《たづる》もママ離《ばな》れかあ、なんて言う。しょうがないか、多鶴も高校生になるんだもんね、とちょっとからかうように笑いながら。


通学途中《とちゅう》で、わたしは決まって近所の大型スーパーの前を通る。

スーパーの前の広い駐車場《ちゅうしゃじょう》のはしっこで、ほっぺたをもぐもぐさせているまるちゃんをさがすのが、わたしの毎朝の習慣だった。

うちの中学の制服は、女子はセーラーで、男子はブレザーだ。まるちゃんはいつも、ブレザーの上から、あえてＸＬを選んだ学校指定のジャージをはおっている。

あ、いた。まるちゃん。

きょうは肉まんを食べている。

「お、きたな、たづ」

いつもと同じように、まるちゃんはほっぺたをもぐもぐさせながら片手を上げる。

となりのクラスに、まるこってみんなから呼ばれている人がいるのだけれど、その人は江田優子《えだゆうこ》さんといって、名前のどこにも〈まる〉が入っていない。体つきがちょっとふっくらしているから、まるこ。それで、そんなふうに呼ばれているようだった。

まるちゃんは、丸くない。体のどこもかしこもひょろりとしている。腕《うで》にも足にも胴体《どうたい》にも、そしてもちろん顔にも、余分《よぶん》な肉なんてついていない。

だから、まるちゃんというのは、江田さんのように外見からついたあだ名ではなかった。

丸嶋羽津実《まるしまはづみ》くん。

それがまるちゃんの名前なのだけど、〈はづみ〉と呼ぶ人は、うちの中学にはひとりもいない。本人がそれをいやがっていたし、小学生のころからそうだったから、みんな、まるちゃんのことはまるちゃんと呼んでいた。

わたしたちは今年の春から高校生になるけれど、まるちゃんは高校でも、まるちゃんと呼ばれたいらしい。だれとでもすぐ仲よくできるまるちゃんなら、だいじょうぶだと思う。

わたしは私立の女子校に進学するから、みんなにまるちゃんと呼ばれているまるちゃんを見ることはもうできないのだけど、まるちゃんがみんなからそう呼ばれているすがたは、とても簡単に想像できた。

「顔色悪いな。体調よくないの?」

まるちゃんが、肉まんからはがした四角い白い紙をくしゃくしゃにまるめながら、わたしの顔をのぞきこんでくる。

「ううん。だいじょうぶ」

「そうか? 顔、白いぞ。また、ふらっとたおれるんじゃないだろうな」

「だいじょうぶだよ」

「ふうん……」

「あ、でもね」

「うん」

今朝《けさ》、おかしなことがあったんだよ、と言いかけて、やめる。

もしかしたら、今朝のことはちょっとしたかんちがいかもしれない。まるちゃんが言うとおり、本当は調子が悪くて、それで誤作動《ごさどう》が起きちゃっただけなのかも……。

「やっぱり、なんでもない」

「なんだよ、言いかけてやめんなよ」

「うん、でも、たいしたことじゃないから」

黒目の大きなまるちゃんの一重《ひとえ》の目が、じいっとわたしの顔を見ている。

まるちゃんは、わたしのことに関してはすごく過保護《かほご》だ。

そうやってわたしの顔を見つめることで、なにがわかったのかはわからなかったけれど、まるちゃんは、だったらいいけど、というように、小さくうなずいた。

「じゃあ、いくね」

「おう、またな」

「うん、また」

わたしはまるちゃんに小さく手をふると、歩道へともどった。まるちゃんも、もう少ししたら学校へ向かうはずだ。

わたしとまるちゃんは、毎朝この駐車場《ちゅうしゃじょう》でおはようを言いあって、そのあとは別々に登校している。二年生の秋からずっと、そうしている。

わたしとまるちゃんはつきあっているわけじゃないから、学校にいるときも、必要以上に親しくしたりはしない。

まるちゃんはあまり気にしていないようだけど、わたしは学校ではなるべく、まるちゃんと顔を合わせないように気をつけている。へんにうわさになったりするのはいやだったし、まるちゃんとは、毎朝おはようを言いあえれば、それでじゅうぶんだった。

わたしとまるちゃんは同じ小学校の出身で、中学では一年生のときに同じクラスだったけれど、学校では特に接点はなかった。まるちゃんは女子とも気軽にしゃべる人だけど、わたしは男子とはほとんど交流がない〈おとなしい組〉の女子だったから。

きっかけは、二年生の秋、帰宅途中《とちゅう》の横断歩道で急に具合が悪くなって、その場にしゃがみこんでしまったわたしを、まるちゃんがたまたま見つけてくれたことだった。点滅《てんめつ》しはじめていた信号も無視して、ガードレールを飛《と》び越《こ》えて車道をななめに走ってきたまるちゃんは、対岸の歩道までわたしをつれていってくれた。

もうだいじょうぶだから、と言うわたしにはおかまいなしに、まるちゃんはそのまま家まで送っていってくれて、その日は偶然《ぐうぜん》、仕事が休みで家にいたママとインターフォン越しに話をして、こうこうこういう理由で送ってきたのだと、事情説明までして帰っていった。

ママは、しっかりした子だよねえ、としきりに感心していて、わたしも、いつも男子の輪の中心にいて騒《さわ》がしくしているまるちゃんの意外な一面を知ったような気がして、びっくりしていた。

さらにびっくりしたのは、その翌日、具合が悪くなった横断歩道の少し手前で、まるちゃんがわたしのことを待っていたことだ。

『また具合が悪くなったらヤバいと思って』

そう言って、まるちゃんはわたしといっしょに横断歩道をわたってくれたのだ。

歩道のすみで、少し立ち話をした。

まるちゃんは、わたしのことをすごく体の弱い子なんだと思ってしまったらしい。

わたしは、きのうのはたまたまなんだと説明した。治りかけだった風邪《かぜ》のせいでふらっときてしまっただけで、ふだんはふつうに元気なんだよ、と。

そっか、わかった、とまるちゃんは言って、その次の日からはもう、帰宅途中《とちゅう》のわたしを待っていることもなくなったのだけど、今度はわたしが、登校途中にスーパーの駐車場《ちゅうしゃじょう》のすみっこにいるまるちゃんを見つけてしまった。

最初に見つけたときは、あ、丸嶋《まるしま》くんだ、なんか食べてる、としか思わなかったのだけど、翌朝も、その翌朝も、まるちゃんが同じようになにか食べているすがたを見かけるうちに、もしかして丸嶋くん、おうちで朝ごはんを食べずに登校してるのかなって思うようになった。

わたしは思いきって、スーパーの駐車場《ちゅうしゃじょう》のすみっこにいたまるちゃんに話しかけてみた。

『丸嶋《まるしま》くん、おはよう』

『お、鈴木《すずき》多鶴《たづる》だ。おす』

それきりわたしはなにを話せばいいのかわからなくなってしまって、もぐもぐとほっぺたを動かしているまるちゃんのとなりにただ立っていたのだけど、そうしたら、まるちゃんのほうから、『うちさ、母親が朝ごはん作らない人なんだよ』とさらりと言って、『だからさ、ここで食べてから学校いってんの』と笑った。

笑うとまるちゃんの目は、すごく細くなって、黒目だけになる。まるちゃんのその黒目だけになった細い目に、わたしはころりとやられてしまった。

まるちゃんをまるちゃんと呼んで、いつも楽しそうにいっしょにいる男子たちと同じように、まるちゃんのことが大好きになったのだ。

まるちゃんは、ほかの男子とはちがう。女子が相手だからって、わざとつっけんどんにしたり、意味なくからかってきたりしない。変にかっこつけたりもしない。男子と話すのが苦手なわたしでも、ふつうに話すことができた。

次の日も、わたしはまるちゃんにおはようを言いにいくつもりだったのだけど、スーパーの駐車場《ちゅうしゃじょう》の前を通りかかったわたしをまるちゃんのほうが先に見つけて、おーい、と声をかけてくれた。

あわてて駆《か》けよっていったわたしに、まるちゃんは、『おす』と言って片手をあげた。

『おはよう、丸嶋《まるしま》くん』

『なんだよ、丸嶋くんって。まるでいいよ、まる。みんなそう呼んでんじゃん』

『え、うん、そっか。じゃあ、まるちゃんって呼ぶね』

『そっちは仲間内《なかまうち》でなんて呼ばれてんの？』

『家では多鶴《たづる》か、たーちゃんだけど、友だちからは、たづか、たづちゃんって呼ばれることが多いかな』

『じゃあオレは、たづ、だな』

そうしてわたしとまるちゃんは、〈丸嶋くんと鈴木多鶴〉から、〈まるちゃんとたづ〉の関係になって、登校途中《とちゅう》にスーパーの駐車場《ちゅうしゃじょう》でおはようを言いあうようになった。

そんな毎日も、あと一週間ほどで終わってしまうのだけど。

2

ママは、生活雑貨のデザイナーをしている。

以前は会社に勤《つと》めていたのだけど、いまは独立して、フリーランスでお仕事をしているから、帰宅時間は不規則《ふきそく》になった。きょうもきっと、遅《おそ》くまで帰ってこない。

冷蔵庫の横の壁《かべ》に取りつけてあるホワイトボードに書きこんである予定を見なくても、ママのスケジュールはだいたいわかっている。月末の納品《のうひん》が無事に終わるまでは、ずっと忙《いそが》しいはずだ。

ママが、元同僚《もとどうりょう》の〈いっちゃんさん〉をうちにつれてくるようになったのは、去年の春、わたしが中学三年生になって少し経《た》ってからのことだった。

たーちゃん、きょうは寄《よ》り道《みち》しないで早く帰ってくるんだよ、と急にママが言ったのだ。

わたし、寄り道なんかして帰ってきたことないのに……と、胸がざわっとしたのを覚えている。

おそるおそる帰ってきて、いつものようにリビングのドアを開けた瞬間《しゅんかん》、ソファに知らない女の人が座っているのに気がついた。

ママが友だちを家につれてくることは、ほとんどなかった。近所の人が何度かお茶を飲みにきたくらいだ。

その人は、ひどく気まずそうにわたしを見た。わたしの知っているおとなの女の人たちは、わたしくらいの年齢《ねんれい》の子どもには、いい人だと思われそうな笑顔を浮《う》かべながら話しかけてくる。その人は、そうはしなかった。ただ、軽く会釈《えしゃく》をしただけ。

息が止まった。

この人はきっと、ママにとって特別な人なんだとわかってしまったからだ。

真っ黒な長い髪《かみ》を、前髪ごとひっつめたシャープな髪型。レンズの薄《うす》いフレームレスの眼鏡。装飾性《そうしょくせい》のない黒一色の服装。

決して女性っぽさを全面に押《お》しだした人ではなかったけれど、それでも、どこからどう見ても女性でしかなかったその人を、わたしはなぜか、ママのただの友だちではないのだと、初対面だったそのときにもう、理解していた。

ママからは、女の人が好きだとか、女の人の恋人《こいびと》がいるだとか、一度も聞いたことがなかったのに、それでも、わかっていた。まるで、最初から知っていたことのように。

だから、わたしがショックを受けていたのは、〈いっちゃんさん〉が女の人だったことではなかった。それだけは本当に、少しもいやだと思っていなかった。

わたしとママだけの空間に、わたしの知らないママを知っている人がいる――ただそのことだけに、その現実だけに、胃の中がひっくりかえったようになったのだ。

そして、これは一度きりのことではなく、この先もくりかえされてしまうことなんだ、という確信に近い予感。

ほんの一瞬《いっしゅん》で、異世界に飛ばされてしまったような気がした。

あのときのことは、いまも忘れられない。

だから、いまだにリビングのドアを開けるとき、少しだけ胃のあたりがぴくっとなる。たとえ〈いっちゃんさん〉が、ママのいないときに上がりこんでいることはないとわかってはいても、だ。

ママはわたしに、いっちゃんといっしょに暮らす気はないから、と言っている。

『家につれてきたのは、いっちゃんの存在を多鶴《たづる》に隠《かく》しておくのがいやだっただけ。だから、多鶴はいっちゃんのこと、いつか家族になる人かも、なんて思わなくてもいいんだからね』

そう言えばわたしが安心する、とママは信じきっているようだった。

「ただいまー」

小さな声でつぶやきながら、そっとリビングのドアを開ける。

ママがデザインした雑貨でセンスよく飾《かざ》られたリビングは、しん、と静まりかえっていた。

クリーム色の壁《かべ》と濃《こ》い茶色のフローリングの床《ゆか》に、赤と緑のタータンチェックのカーテン、真っ赤なソファと、イギリス国旗の柄《がら》のコーヒーテーブル。

うちのリビングは、まるでおしゃれなカフェみたいだ。ソファの下に敷《し》いているヒョウ柄《がら》のラグマットだけは、ちょっと派手《はで》すぎかな？　と思うけれど。

肩《かた》からおろした通学バッグをソファの上に置いてから、リビングとひとつづきになっているダイニングのほうに目をやった。

食卓《しょくたく》に、ママが手がけた雑貨の中でも特に人気商品だったというアクリル製《せい》の大きなボウルが置いてある。その中に、ダックワーズの包みがいくつか入っているのを見つけた。

ダックワーズ。

ああ、わたしが好きだということになっているお菓子《かし》か、と思う。

食卓に歩みよると、淡《あわ》いクリーム色のその焼き菓子をひとつ、手に取った。

とたんに、ひどくむなしくなる。

だってこんなもの、本当は食べなくたっていいんだもの。

わたしがダックワーズを好きなことになっているのは、そのほうが〈鈴木《すずき》多鶴《たづる》〉っぽいからだと思う。きっとママが、そういうふうにセットしたんだ。

ただそのためだけに、わたしはこれからも、必要のない食べものを食べつづけなくちゃいけない。

世界のどこかには、生きるために必要なほんのひと口《くち》の食事もとれない子どもたちがたくさんいるというのに。

ママはこれからも、この設定を律儀《りちぎ》に守るつもりなのかなあ、と思う。

いいかげん、やめてもいいんじゃないのかな……。

あ、そうか、と不意《ふい》に思う。

わたしはやっと、朝ごはんのときに起きた誤作動《ごさどう》らしきあの現象について、正解を見つけた。

きっとわたしはもう、人間のふりをするのに疲《つか》れたんだ。

だから、いつもは設定どおりに食べていた朝ごはんが、急に食べられなくなった。

「無理してたんだ、わたし……」

わたしは、手にしたダックワーズを、キッチンのダストボックスに捨てにいった。

きょうを最後に、わたしは本当のわたしにもどろう。

そう決めたら、すごく気持ちが楽になっていた。

「もしもし、多鶴《たづる》？　ママだけど」

ママの声が、ひどく怒《おこ》っていた。

ケータイを耳に当てたまま、小さく深呼吸をする。わたしはいまも、スマホは使っていない。変える？　と何度かきかれたけれど、そのたび首を横にふって、ママをちょっと面倒《めんどう》くさそうな顔にさせてきた。理由はよくわからない。

いま、ママが怒っている理由なら、わかっている。わたしが送ったメールを読んだのだ。

「あのね、多鶴。ママ、本当のこと言うよ？　いい？　多鶴は多分、ダイエットがしたいんだよね？　でも、正直《しょうじき》にそう言うのが恥《は》ずかしくて、だから、ああいうメールを送ってきたんだよね？」

ちがう。

ダイエットなんかしたいと思ってない。

「もし多鶴《たづる》が本当に太ってて、ダイエットが必要だってママも思ってたら、ママ、協力するよ？　でもさ、多鶴は太ってないじゃん。太ってないどころか、痩《や》せすぎなくらいだよね？」

ちがう。

ママはかんちがいしている。わたしは自分のことを太ってるなんて思っていないし、いまより痩せたいとも思っていない。

「あのね、ママ……」

「ねえ、多鶴。ダイエットなんかやめよう？　ね？　多鶴はいまのままですっごくかわいいよ？　ママが証明する」

ちがうの、ママ。

お願いだから、多鶴の話を聞いて。

本当のことを、ちゃんと言うから。

「とりあえず、きょうはママが帰るまで起きて待ってて。いい？　帰ったらまたちゃんと話そう。ね？」

最後は早口でそう言って、ママは通話を終えてしまった。

「ママ……」

ママとはもうつながっていないケータイに向かって、わたしは訴《うった》えつづけた。

「ちがうの、ママ。わたし、ダイエットがしたくて、もうごはんは作らなくていいってお願いしたんじゃないんだよ……」

だってわたし、ロボットでしょ？　ごはんなんて食べなくても、生きていけるんだよ。人間らしく見せるためだけの食事なんて、もうしたくないの。

それをただ、ママに伝えたかっただけなのに……。

わたしは、ロボットだった。

人間じゃなくて、ロボットだった。

そのことを、わたしはすっかり忘《わす》れて生きてきた。

きっと、忘れたまま生活するようにプログラミングされていたんだと思う。

だけど、思いだしてしまった。

本当に突然《とつぜん》、ふっと。

思いだしたとたん、ごはんを食べるのがひどくおかしなことに思えてきてしまった。

だから、どうにかしなくちゃと思ったのだけど……。

そもそも、ロボットのわたしがどうしてママといっしょに暮らしているのか。

そこにはきっと、おとなにしかわからない事情があったんだと思う。

ママには、あまり仲《なか》のよくないお母さんしかいない。結婚《けっこん》もしないで、ずっとひとりで暮らしていたから、だんだんさみしくなって、いっしょに暮らす家族がほしくなったのかもしれない。

わたしは、ママが三十歳《さい》のときに産んだ娘《むすめ》ということになっている。パパは、いない。小さかったころは、どうしてわたしにはパパがいないのか不思議だったけれど、いまならわかる。わたしがロボットだったからだ。

ママがどこかで買ってきた娘。

それがわたしなんだ、きっと。

ずっとわたしとふたりきりだったママ。

だけど、いまは〈いっちゃんさん〉がいる。ママはもう、ロボットの娘《むすめ》を心の支《ささ》えにしなくてもよくなった。

だから、わたしは思いだしたんだと思う。自分がロボットだったことを。それなのに、ママはまだ、わたしのことを自分の娘のままにしておきたいみたいだ。

どうすればいいんだろう。

一度思いだしてしまったことは、もうなかったことにはできない。

わたしはこれ以上、人間のふりをしながら生きていくことはできなくなってしまった。これからは、〈少女型ロボットの鈴木多鶴《すずきたづる》〉として生きていかなければならない。

どうして知ってしまったんだろう。

知らずにいれば、いままでどおりでよかったのに。これからはもう、いままでと同じ生き方はできなくなってしまった。

いままでのわたしにはお別れをして、〈少女型ロボットの鈴木多鶴〉として生きていく方法を見つけなければいけない。

暗くて大きな森の入り口に、ぽつんとひとり、立たされたような気がした。

暗くて、こわくて、足がすくむ。

暗い森の奥《おく》に、小さくてもいいからなにか明かりは見えないかと目を凝《こ》らすのに、やっぱり森は暗いままだった。

□

まぶしい、と思いながら、目を開ける。

ここはどこだろう。

目は開くのに、体が動かない。

どうやらわたしは、ベッドの上に仰向《あおむ》けに寝かせられているようだった。

視界にあるのは、スポットライトのような強い光を放つ照明器具と、真っ白な天井《てんじょう》だけ。

うっすらと、背中が冷たかった。わたしが寝《ね》かせられているのはベッドではなく、手術台なのかもしれない、と少し遅《おく》れて気がつく。

『それにしても』

知らないだれかの声が、急に聞こえてきた。

『まさか自分が人間ではないことに気がつくとは。これまでに例がないことですよ』

『プログラミングに問題があったのでしょうか』

『いや、そのような形跡《けいせき》は見られない』

『では、なぜ？』

『わからない。ただ、初期化による正常化は可能だろう』

『だったら、初期化してしまったほうがいいのでは？』

『しかし、そうすると、鈴木多鶴《すずきたづる》として生きてきたこれまでの記録——言《い》い換《か》えれば、記憶《きおく》が失われてしまう』

『しかし、このまま人間として生きていくのであれば、自分が本当は少女型ロボットだったという情報は、じゃまなだけですよ』

『それはたしかにそうだな』

複数の知らないおとなの人の声が、わたしのことを話しあっている。

なにか大事なことを、わたしの意志とは関係なしに決めてしまおうとしている。

『やめてください!』

わたしは必死にさけんだ。

『初期化なんてしないでください。わたしはだいじょうぶです。自分が少女型ロボットだと知ってしまっても、人間のふりをしながら生活していけるようがんばりますから!』

そうさけんだはずの声は、わたしののどから外には出ていなかった。

声帯《せいたい》の機能が停止《ていし》されてしまっているんだ、きっと。

『お願いです、声を出せるようにしてください!』

どんなにさけんでも、わたしのさけびは声にはならない。

見ひらいた目で、わたしはただ、まぶしい光を見つめていることしかできない。

『とりあえず、しばらく様子を見よう』

『そうですね。適応《てきおう》できるようなら、このまま記録は残しましょう』

『適応できないようなら？』

『その場合は、仕方《しかた》がありません。初期化の処置《しょち》をほどこすしかないでしょう』

見ひらいたままの目が乾燥《かんそう》したのか、目じりから、つーっと涙《なみだ》が流れた。

人間そのものに作られたわたしは、涙だって流すことができる。それなのに、わたしの意志ではなにも決められない。初期化されれば、これまで生きてきた十五年間の記憶も、簡単に消去されてしまう。

少女型ロボットって、なんて悲しい生きものなんだろう。

どうしてわたしは、こんな悲しい生きものとしてこの世に生みだされてしまったんだろう……。

□

「なんかたづ、めずらしくきょうはずっと眠《ねむ》そうだったね」

廊下《ろうか》をならんで歩いていたサヨちゃんが、わたしの顔をちらっと見て言う。

「え、そう？」

「目がいつもの半分くらいしか開いてない感じ」

ドキッとした。

また新しい誤作動《ごさどう》が起きてしまったのかと思ったからだ。

「ホントに？」

あわてて目をぱちぱちしてみた。ちゃんと動く。

そんなわたしのことを、サヨちゃんはもう見ていない。

はーあ、とため息をつきながら、

「あと少しの我慢《がまん》だ、この学校にくるのも」

ひとりごとのように、そんなことを言っている。

サヨちゃんとは、いまのクラスになってから友だちになった。小学校もちがっていたし、家も離《はな》れていたから、同じクラスになるまでは名前も知らなかったくらいだ。

いまのクラスになって最初のころは、わたしはいつも、桜木《さくらぎ》さんという女の子といっしょにいた。

席が近かったからなんとなくしゃべるようになって、そのうち休み時間もいっしょにいるようになったのだけど、いつからかそこに、サヨちゃんがまざるようになった。

サヨちゃんは、ヴィジュアル系の音楽が好きで、わたしも桜木さんもそういうものにはまったく縁《えん》がなかったのだけど、次々とおすすめのDVDを貸してくれるようになった。

桜木さんはお母さんがピアノの先生で、桜木さん自身もクラシックが好きだったから、サヨちゃんが好きな音楽にはどうしてもなじめないようだった。

いつしか桜木《さくらぎ》さんは、サヨちゃんといっしょにいるときのわたしには近づかないようになってしまった。

わたしも桜木さんと同じように、サヨちゃんの好きな音楽を好きになることはできなかったのだけれど、貸してもらったＤＶＤは全部観《み》ていたし、感想も伝えていた。

わたしがいまもサヨちゃんといっしょにいて、桜木さんがいまはサヨちゃんといっしょにいないのは、ただそれだけのちがいだと思う。

サヨちゃんは、この学校のなにもかもをきらっている。

『どうしてこんなつまんない場所に毎日こなくちゃいけないんだろう』

『この三年間、いいことなんかなんにもなかった』

『こんな学校、さっさと卒業したい』

みんなサヨちゃんの口癖《くちぐせ》だ。

わたしは、ちょっとこまったように笑いながら、あいまいにうなずいていることしかできなかった。

『そのつまんない場所には、わたしもいるんだよ？』

『いいことなんかなにもなかったその三年間のあいだに、わたしと知りあったんだよ？』

『卒業して、わたしと会えなくなるのはさみしくないの？』

何度も頭に浮《う》かんだけれど、一度も口にすることができなかったいくつもの問いかけを、わたしはきっとこの先も、サヨちゃんにぶつけることはない。

だってそんなことをしたら、サヨちゃんがなんて思うか、わかっているから。

うざ。

ただ、それだけ。

サヨちゃんとは別々の高校に進学することになっている。高校生になって、新しい友だちができたら、サヨちゃんはもう、わたしには連絡《れんらく》することすらなくなってしまうんだろうな、と思う。

サヨちゃんとわたしは友だちじゃない。

ただいっしょにいるだけの人同士、だ。

それでも、サヨちゃんといっしょにいるとほっとする。こうしてならんで歩くのも、あと少しのあいだだけなんだなあ、と思うと、さみしくてしょうがなくなってくる。

そんなふうに思っているのは、わたしだけだとわかっているけれど。

わたしとサヨちゃんは、友だちじゃない。

だけど、わたしが知っているサヨちゃんは、たしかにわたしだけが知っているサヨちゃんで、それを失うことは、やっぱりとても悲しいことだった。

3

「ちょっと、多鶴《たづる》！　きょうはちゃんと話《はな》するよ。寝《ね》たふりなんかしないで！」

きのうの夜よりも早く帰ってきたママが、わたしの部屋のドアをいきおいよく開けて、さけぶようにわたしを呼んだ。

ベッドの中にいたわたしは、心臓がきゅーっとなって、思わず跳《は》ねおきる。

「きのうだって、帰ったらちゃんと話《はな》しようって言ったのに、先に寝ちゃってさあ。そういうの、ママいやなんだけど。ほら、早く出てきて。リビングで話そ」

ママは先にリビングにいってしまった。言われたとおりに、わたしがリビングに出ていくと信じきっている足取りだった。

わたしがママに、これからはもう、わたしの分のごはんは作らなくていいからね、とメールしたきのうの夜。

わたしは、ママが帰ってくるのを待たずに、先に寝《ね》てしまった。

今朝《けさ》のママは、電話で話したときよりも、もっともっと怒《おこ》っていて、おはよう、も言ってくれなかったけれど、それでも朝ごはんは、いつもどおりに用意されていた。

手をつけようとしないわたしに、ママは言った。

『多鶴《たづる》。ママね、大事な話はこういう朝のバタバタしたときにはしたくないの。きょうはきのうより早く帰ってくるから、絶対に起きて待ってて。いい？』

それからママは、わたしが手をつけずにいたスクランブルエッグとソーセージ、サラダがのったプレートを、ひったくるように手に取って、そのままキッチンに入っていった。

シンクに投げつけるように、プレートにのっていたものが捨てられる音が聞こえた。

ママにはきっとわかってもらえない。

わたしはしゃくりあげながら、家を出た。

「ちょっと、多鶴！　たーちゃんっ。なにしてるの？　ママ、待ってるんだけど」

なかなか部屋から出てこないわたしに、ママがひどくいらだっている。

機嫌《きげん》がいいときのママは友だちみたいなママだけど、機嫌が悪いときのママは、まるでわたしを憎《にく》んでいる人のようだ。

心臓がハリネズミみたいになって、背中がちくちくしてくる。

わたしはそろりとベッドからおりると、開いたままになっていたドアのノブに手をかけた。

ふう、と小さく深呼吸をしてから、そっとドアを閉じる。

リビングからの光でうっすらと明るくなっていた室内が、また暗闇《くらやみ》の中にもどった。

鍵《かぎ》も、かけてしまう。

「多鶴《たづる》！　ちょっと、やだ！　なにしてるのよ、多鶴！」

ママの怒《おこ》っている声は聞きたくない。

でも、わたしが本当のことを話しているのに、どうしてそんなおかしなことを言うの？　と言われるほうが、もっといやだった。

なにより、わたしはもう決めたのだ。

自分が本当はロボットだということを、わたしはこのまま、だれにも打ちあけないで生きていこう、と。

だから、ママともこのことに関してはもう話さない。

自分の胸の中だけにしまっておく。そう決めた。

わたしはベッドの中にもぐりこむと、ｉＰｏｄにイヤホンをつないだ。英会話の勉強のために入れておいた学習用音声データを聞きはじめる。

勉強するためじゃない。ママの怒《おこ》っている声を聞こえなくするためだ。

わたしは、人工的にしゃべる知らない女の人の声を聞きつづけた。不思議と気持ちが安《やす》らいで、そのうちうとうとしはじめたのだけど、そのときふと、ロボットってやっぱり、こういう人工的な声に安らぎを感じるものなんだな、と思ったら、ちょっとだけおかしくなった。


わたしがほとんどごはんを食べなくなって、ちょうど一週間。

卒業式の日が、やってきた。

卒業式の日、わたしは、いっしょにうちを出ようとするママを待たずに、マンションのエレベーターに乗りこんだ。

ママとはもう、ほとんど口をきいていない。

ママは〈いっちゃんさん〉にいろいろ相談しているみたいで、いまは少し距離《きょり》をおいてみたら、とでもアドバイスされたのか、ここ何日かは、ママのほうからはなにも話しかけてこなくなった。もちろん、わたしからも話しかけていない。

ママは、わかっていない。

わたしがいやなのは、〈いっちゃんさん〉がいっしょに暮らすことになるかもしれない、とおびえることじゃなく、わたしがママにしか教えていないことを、ママが勝手にママ以外の人に話してしまうことだ。

わたしとママだけの秘密が、この世のどこにも存在しなくなってしまったことが、ほかのどんなことよりもわたしにはショックだった。

だって、ママとふたりきりなのが、多鶴《たづる》にとっていちばんしあわせなことなんだよ？　って言い聞かせられながら育ってきたんだもの。ママと多鶴は、ずっとずっと、ふたりだけでしあわせに生きていくんだよって。

そうじゃなくなってしまうことがあるだなんて、想像してみたこともなかった。

あんまりだよ、ママ。

いつか変わってしまうものだったのなら、教えておいてほしかった。ママと多鶴《たづる》ふたりだけの世界は、いつかはなくなってしまうんだよって。

ママはなにもわかっていない。

いっしょに暮らすわけじゃないんだから、という切《き》り札《ふだ》が、ママをにぶらせている。

朝、食卓《しょくたく》にはいままでと変わりなくわたしの分の朝食は用意されているけれど、食卓に座ることすらしなくなったわたしを、ママはもう怒《おこ》らない。ただため息をつくだけだ。

そうして迎《むか》えた、卒業式の朝。

ママはいつものおしゃれなかっこうじゃなくて、学校仕様《しよう》のよそいきなかっこうをして、わたしといっしょに学校に向かおうとしていた。

わたしはやっぱり、ママと口をきく気にはなれていなかったのだけど、さすがに卒業式にはママといっしょにいくつもりだった。あのつぶやきを耳にするまでは。

無言のまま支度《したく》をしていたママは、わたしに聞こえているとわかっていたのか、いなかったのかわからないけれど、ひとりごとのように、ぼそっと言った。

『高校デビューが目的なら、あと何週間かのことだもんね……』

ママは、わたしがごはんを食べなくなった理由をダイエットのためだって思っているだけじゃなく、高校進学前にイメージチェンジしたいからダイエットしてるにちがいないって決めつけてる！

わたしは、そんなふうにしか考えられないママのことが、どうしても許せなくなった。いっしょに学校にいくなんて、死んでもイヤだと思った。

だから、一方的にママを置き去《おざ》りにするような形で、ひとり学校へと向かったのだけど、足を速めれば速めるほど、胸がぎゅっと苦しくなって、涙《なみだ》が止まらなくなった。

本当はママといっしょに家を出て、いままでの思い出を話したりしながら、学校に向かいたかったのに……。

ママは、わたしを追いかけてはこなかった。きっとあきらめて、少し遅《おく》れて学校にくるんだと思った。

息をするのも苦しい。

苦しいよ、だれか助けて。

胸の中で、そればかりくりかえした。

だれかってだれ？

それすらわからないまま。

その日、いつものスーパーの駐車場《ちゅうしゃじょう》にまるちゃんのすがたはなかった。

さすがに卒業式の日の朝ともなれば、まるちゃんのおうちも、いつもとはちがう朝になるんだな……。

そんなことを思いながら、わたしはいつもの駐車場の前を急ぎ足で通りすぎた。

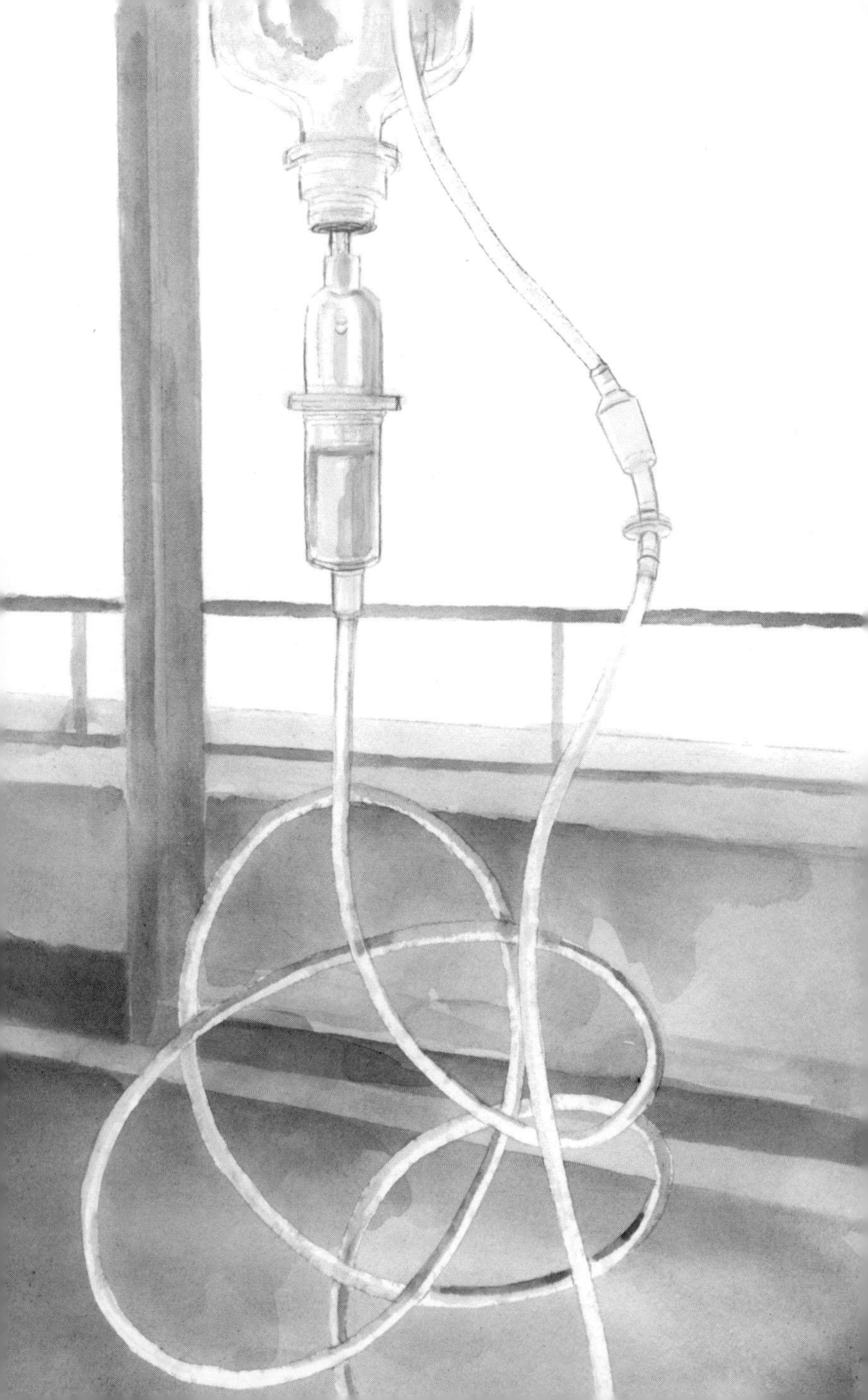

まるちゃんだけは

―


インターフォンのモニター画面に、まるちゃんが映っている。

わたしはびっくりしすぎて、応答ボタンも押《お》さずに、液晶《えきしょう》画面の中のまるちゃんをただ見つめるばかりになってしまっていた。

卒業式が終わってから、わたしはほとんど家から出ていない。

きょうも、ソファでごろごろしながらお昼まですごしていて、まさにインターフォンが鳴るその瞬間《しゅんかん》まで、うとうととまどろんでいた。

いきなり鳴りひびいたインターフォンの音にはねおきて、あわててモニターをのぞきこんだら、まるちゃんのすがたがあったのだ。びっくりしないはずがない。

まるちゃんとは、卒業式の日の朝に会いそびれて以来、一度も顔を合わせていなかった。

式が終わったあと、わたしはやっぱりママといっしょには帰りたくなくて、みんなのようにだれかと写真を撮《と》りあったりすることもなく、真っ先に学校をあとにしてしまっていた。

だから、式の最中、壇上《だんじょう》に上がったすがたを遠目《とおめ》に眺《なが》めたのが、わたしの見た最後のまるちゃんだ。

そのまるちゃんが、なぜだかいま、うちのマンションのエントランスにいる。

わたしが応答ボタンを押《お》すのを、じいっと待っている。

ピーンポーン、と間延《まの》びした機械音が、ふたたびリビングの中に響《ひび》きわたった。

反射的に、応答ボタンを押してしまう。

「……あれ？　つながった？　もしもし、たづ？」

まるちゃんの声だ、と思ったら、急に鼻の奥《おく》がつんとなった。

「おーい、たづ？　まるだけど」

「……うん、見えてるよ、まるちゃん。いま、開けるね」

「おー」

エントランスのドアロックを解除《かいじょ》して、まるちゃんがマンションの中に入れるようにする。

さっとリビングを見まわして、お客さんを上げてもだいじょうぶな状態かチェックした。ついさっきまでもたれかかっていたクッションがちょっとくしゃっとなっていたので、それだけ形を整えてから、玄関《げんかん》へと急ぐ。

チェーンをはずして、鍵《かぎ》を開けているあいだに、ピーンポーン、とまたインターフォンが鳴った。

ドアを開ける。

まるちゃんが、いた。

制服すがたじゃないまるちゃんを見るのは、小学生のとき以来だ。まるちゃんは、黒いパーカに、くたびれたカーキ色のカーゴパンツを合わせていた。ブレザーの上にジャージをはおっているまるちゃんじゃないまるちゃんは、なんだかちょっとへんな感じがして、わたしはまじまじと、そのすがたを観察してしまった。

まるちゃんも、わたしをじっと見つめている。

てっきりまるちゃんも、わたしの私服すがたがめずらしくて、じっと見ているんだろうな、と思っていたら、そうではなかった。

まるちゃんは、驚《おどろ》いていたのだ。

「たづ……おまえ、どうしたの？」

黒目の大きな一重《ひとえ》の目をちょっと見ひらくようにしながら、まるちゃんが言う。

「病気なのか？」

病気？

わたしが？

まるちゃんが、どうしてそんなことを言うのか、わたしには意味がわからなかった。

「病気なんかじゃないよ。どうして？」

玄関のドアを手で押《お》さえたまま、わたしはまるちゃんにたずねかえした。

まるちゃんは、さらにびっくりした様子で、「どうしてって、おまえ」と言いながら、ドアを押さえていたわたしの右手の手首を、ぎゅっとにぎった。

「がりがりじゃんか、この手とか」

まるちゃんがにぎっている手首を、横目でそっと見る。まるちゃんの筋張《すじば》った手の甲《こう》がまず目に入って、それから、その指の中にある小さな子どものような手首を見つけた。

「え……」

自分が目にしているものがなんなのか、最初はよくわからなかった。

それが自分の手首だということが、すぐにはわからなかったのだ。

ふいに、マンションの廊下《ろうか》がさわがしくなった。同じ階の部屋のだれかが帰ってきたようだ。

「とりあえず、中に」

わたしはまるちゃんを、玄関《げんかん》の中に入るようにうながした。

まるちゃんが、後ろ手でドアを閉める。

玄関のドアの向こうを、同じ階に住んでいるだれかが、にぎやかにおしゃべりしながら通りすぎていくのがわかった。

子どもの声だったから、ふたつおとなりの菊池《きくち》さんのところのミナちゃんとそのお友だちだったのかな、とぼんやり考える。

廊下《ろうか》が静まると、わたしとまるちゃんがいる玄関《げんかん》も、しん、と静かになった。

「まるちゃん……」

「え？　あ、うん」

急にわたしに呼びかけられて、廊下の気配《けはい》に耳を澄《す》ましていたまるちゃんは、ちょっと驚《おどろ》いたようにふりかえってわたしを見た。

向かいあったわたしとまるちゃんは、ほとんど目線が同じだった。いつもなら、まるちゃんのほうがちょっと上なのに。

わたしは玄関マットの上にいるのに、まるちゃんはまだ玄関に上がっていないからだ。

いつもとちがう目線に少しだけ戸惑《とまど》いながら、おそるおそるまるちゃんにたしかめた。

「わたし……痩《や》せた？」

「めちゃくちゃ痩《や》せたよ。たづはもとから痩せてたけど、いまはがりがりだ」

「がりがり……」

ロボットなのに？

ロボットのくせに、食べないと痩せてしまうの？

そんなところまで、人間そっくりに作られていたなんて……。

「まるちゃん……」

ほとんど無意識のうちに、わたしはまるちゃんの黒いパーカの袖口《そでぐち》を、ぎゅっとつかんでいた。

ほかにつかまれるものなんてなにもない。

つかんだ瞬間《しゅんかん》、そんな気がした。


いつものリビングに、いつもはいないまるちゃんがいる。

わたしにはそれがひどく不思議な光景に見えていて、いつものリビングが、まるで映画かなにかの撮影現場《さつえいげんば》にでもなってしまったように感じていた。

「オレ、女子の家に上がったのなんて小学校のとき以来なんだけど」

ソファに腰《こし》かけているまるちゃんは、しきりにあたりをきょろきょろと見まわしている。

「たづんちって、すげーおしゃれなのな」

「お母さんが、生活雑貨のデザイナーなの。だから、これとか、それとか、お母さんがデザインしたやつなんだ」

これとか、それとか、と言いながら、わたしはまるちゃんの足もとのラグマットとコーヒーテーブルの上に置いてあるキャンディポットを目線でしめした。

まるちゃんは、あいかわらず視線をあちらこちらに動かしながら、へーえ、と感心したような声を出している。

ティーバッグで作った紅茶のマグカップをふたつ、トレイにのせてキッチンからはこんできたわたしに気がついて、まるちゃんが、おっ、と背中を浮《う》かす。

まるちゃんは、テーブルの上に置いたトレイの上から、マグカップをおろしてくれた。

「これ、紅茶？」

「うん」

「すげー、たづ、紅茶いれられんだ」

「ちがうんだよ、まるちゃん。これ、ティーバッグの紅茶なの」

「でも、紅茶は紅茶じゃん。お客さんにあったかい紅茶出すってとこがもう、女子って感じですげー」

まるちゃんは、すげーすげーとくりかえしながら、マグカップに口をつけた。あっち、と言って、すぐにマグカップをテーブルの上にもどしてしまう。

うちのソファは、三人がけのものがテーブルの前にひとつあって、おそろいのデザインのひとりがけのものが、窓ぎわに寄せて置いてある。

ママといっしょにソファに座るときは、ふたりならんで座るけれど、まるちゃんといっしょに座るときは、どこに座ればいいんだろう。少しだけ悩《なや》んでから、結局、わたしはまるちゃんのとなりに腰《こし》をおろした。

まるちゃんはまたマグカップを手に取って、今度はふうふうと吹《ふ》いている。吹いて冷ました紅茶をひと口飲んでから、ふと思いだしたように、でさ、と言った。

「たづは、なんでそんなに痩《や》せちゃったわけ?」

まるちゃんは、いつだって単刀直入《たんとうちょくにゅう》だ。遠回しだったり、思わせぶりだったり、そんなふうに自分の言葉を使ったりはしない。ききたいことがあったら、ずばり、それをきく。

だからわたしも、一生隠《かく》しとおすつもりだったわたしの秘密を、うそのようにあっさりと、まるちゃんに話してしまう。

「あのね、まるちゃん」

「うん」

「わたし、本当はロボットなの」

「……ロボット?　たづが?」

「そう、わたしが」

まるちゃんが、うーん、とうなる。なにかをたしかめるように、わたしの顔をじっと見ている。

少しして、わかった、とまるちゃんは言った。

「で？」

「あ、うん。だからね、ごはんはもう、食べなくてもいいんじゃないかなって思ったの」

「もういいんじゃないかって思ったってことは、そう思うまではふつうに食べてたってこと？」

「うん」

「なんで急に、そう思ったんだよ」

「思いだしたから」

「なにを？」

「自分がロボットだったってことを」

そこまで話したところで、まるちゃんは、ちょっと待って、というように、わたしに向かって手のひらを向けて見せた。

「ちょい整理するから待てな。えーと、つまり、たづは、自分がロボットってことはずっと忘《わす》れてたってことだよな？」

「そうなの。多分、そういうふうにプログラミングされてたからだと思う」

「なのに、急に思いだしたわけ？　本当は自分が人間じゃなくてロボットだったってことを」

「そう。卒業式の一週間前くらいだったかな？　急に、思いだしたの」

「ふうん……で、食べたくなくなったんだ」

「だって、ロボットだったら、本当はなにも食べなくたってこまらないでしょ？」

まるちゃんはほかにもいくつかわたしに質問をして、わたしはその質問ひとつひとつに、自分なりに考えたことを答えていった。

マグカップの紅茶がすっかり冷めてしまったころ、ようやくまるちゃんからの質問攻撃《こうげき》が終わった。

ふう、とひと息ついたわたしに、思いだしたようにまるちゃんが言う。

「あ、そうだ。最後にもういっこだけ。あのさ、たづがロボットだっていう証拠《しょうこ》みたいなもんってあるの？」

わたしは迷うことなく、あるよ、と答えた。

スウェットの袖口《そでぐち》を、ひじのあたりまでまくりあげる。左手の手首の内側を、まるちゃんのほうに向けた。

「ほら、何度切ろうとしても、うまく切れないの。これって、自分では死ぬことができないロボットだからでしょ？」

わたしの左の手首には、うっすらと浅い切り傷が、いくつか残っていた。

カッターの刃《は》で、つけた傷だ。

まるちゃんが考えたように、わたしも、自分は本当にロボットなのかどうかたしかめたくなったのだ。

手っ取り早いのは、体のどこかを傷つけてみることだと思った。それで傷を作ることができれば、自分はただの人間、ロボットだと思ったのはかんちがいだったってことになるし、わたしの体がカッターの刃を跳《は》ねかえせば、まちがいなく人間じゃないっていう証拠《しょうこ》になる。

そう思って、カッターの刃《は》を手首に押《お》しあててみたのだけど、うまく傷を作ること
はどうしてもできなかった。
うちの中学にも何人か、手首に傷を作っている女の子たちがいる。リストバンドで
隠《かく》している子もいるし、見せびらかすように隠していない子もいる。
だから、カッターの刃《は》でつけた傷がどんなふうになるものなのか、わたしも知って
はいるのだけれど、わたしの手首についたのは、時間が経《た》てば消えてなくなるような
ものでしかなかった。
刃を動かそうとすると、分厚《ぶあつ》い膜《まく》のようなものがじゃまをする感覚があって、どう
してもうまく押《お》しすすめることができなかったのだ。
それはきっと、ロボットは自分で自分を傷つけることはできないからなんだと思う。
ロボットの三原則だ。
そういうルールがロボットの世界にはあるのだと、ニュースかなにかでやっている
のを見たことがある。
なにも言わないまま、まるちゃんがわたしの手首の浅い傷に触《ふ》れた。

「……わかった。たづは、ロボットだ。だから、もうたしかめるのはやめな」

かさぶたになりかけているわたしの傷をなぞるように、まるちゃんの指先がゆっくりと動く。

「ロボットは、自分で自分のことは傷つけられないんだもんな。だから、たづはロボットだ。うん、まちがいない」

まるちゃんの大きな黒目の真ん中に、わたしの顔が映りこんでいる。

まるちゃんは、わたしの言うことをおかしなことだって言わなかった。

わかってくれた。

まるちゃんは、わかってくれるんだ……。

2

まるちゃんは、卒業式の日の朝に会いそびれたきりになってしまったことが気になっていて、それでわざわざマンションまでたずねてきてくれたのだそうだ。

おかしなことに、わたしとまるちゃんは、毎朝のようにおはようを言いあっていたくせに、おたがいのケータイの情報を交換《こうかん》していなかった。

ふつうはこれだけ仲《なか》よくなれば、自然と教えあっているものだと思う。そうしなかったのは、毎朝のように決まって顔を合わせていたからだ。

だけど、春休みになってしまったら、いつものようにあのスーパーの駐車場《ちゅうしゃじょう》で顔を合わせることはもうできない。しかも、春休みが終わったら、今度は別々の高校に進学してしまう。

だから、まるちゃんはわざわざ会いにきてくれたのだった。

そんなまるちゃんは、まだお昼ごはんを食べていないというので、インスタントのラーメンを作ってあげることにした。

「まるちゃーん、ラーメンにたまごは入れる？　入れない？」

「えっ、たまご？　入れる入れる！」

仕上げに小口《こぐち》切りにしたネギを散《ち》らしたインスタントのラーメンを、まるちゃんはやっぱり、すげーすげーとしきりにほめて、すごくうれしそうに、いただきます、を言った。

ラーメンの器《うつわ》の横に置いた、ミネラルウォーターのグラスの表面が、うっすらと汗《あせ》をかいている。まるちゃんがラーメンをすする音だけが、しばらくつづいた。

食べおわるとまるちゃんは、やっぱりきちんと、ごちそうさま、を言ってから、すぐに立ちあがって、食べおわったラーメンの器をキッチンに運んでいった。

「水につけとくなー」

まるちゃんは、よく遊びにきている友だちのうちのように、はじめてきたわたしのうちでもリラックスしてすごしているように見えた。

それなのに、ソファにもどってきたとたん、わざと裏がえったような声で言うのだった。

「やっぱり女子の家は緊張《きんちょう》するなー」

思わず吹《ふ》きだしてしまった。

「ちっとも緊張してるように見えないよ、まるちゃんは」

「してるよ、してるって！　座り方とか見てみろよ。めちゃくちゃ行儀《ぎょうぎ》いいだろ？」

そう言うまるちゃんは、ソファに深々と沈《しず》みこんでいて、足なんかがばっと開いていて、ちっともお行儀よくなんかない。

あんまりおかしくて、わたしはクッションの上に倒《たお》れこみながら、声も出せなくなりながら爆笑《ばくしょう》した。

そんなわたしを、まるちゃんもやっぱり笑いながら見ている。

おなかがいたいよー、と言いながら、ようやくクッションの上から身を起こしたわたしに、まるちゃんが、急に真面目《まじめ》な顔を向けてきた。

「あのな、たづ」

くしゃくしゃになっていたスカートのすそを直しながら、となりにいるまるちゃんのほうに体の正面を向けなおす。

「オレ、思ったんだけど、たづはさ、ロボットなのに人間そっくりにできてんじゃん」

「あ、うん、よくできてるよね。いまみたいに、おかしいことがあると苦しくなるまで笑っちゃったりするし」

「な、よくできてるよな。ってことはさ、そのまま食べないでいたら、人間と同じように死んじゃうってことじゃないの？」

思いがけないまるちゃんの指摘《してき》に、ぎくりとなった。

「人間と……同じように」

そんなこと、考えてみたこともなかった。

食べなければ、人間は死んでしまう。

人間そっくりに作られたロボットも、食べなければ死んでしまう？

「なあ、たづ。食べるのをやめるのは、もうやめときな？　たづはさ、ロボットの自分に食べることは必要ないって思ったから食べるのをやめたって言ってたけど、人間そっくりに作られてるたづにとっては、食べることも必要なことなんだよ、きっと」

「必要なこと……」

だってさあ、と言いながら、まるちゃんがわたしの二の腕《うで》をひったくるようにしてにぎる。

「ここまで細くなっちゃってんだから、このまま食べなかったら、そのうち死んじゃうに決まってんじゃん」

このまま食べなかったら、そのうち死んでしまう。

人間と同じように……。

心臓が、痛いほどどきどきしていた。

なにか取り返しのつかないことをしてしまったんじゃないかという予感に、全身の肌《はだ》がざわざわしている。

「まるちゃん……わたし、そんなに痩《や》せた？」

「ほら、比べてみろよ」

まるちゃんが、スカートのすそからのぞいているわたしの太ももの横に、自分の太ももをならべるように体を寄せてきた。

ひと目でわかる。

まるでおとなと子どもだ。

まるちゃんの太ももだって決して太くはないのに、わたしの太ももとならべると、倍はあるように感じる。

いつのまに、こんなに痩《や》せてしまったんだろう。

「な？　すげー痩せちゃってんだろ？　だから、食べるのをやめるのは、もうやめな」

わたしはやっと、いまの自分がひどく痩せてしまっているのだということを知った。

鏡だっていつも見ていたのに、どうして気づかなかったんだろう。

春休みになってからのわたしは、ママがうちにいるあいだはほとんど自分の部屋にこもるようになっていた。ママがお仕事に出かけると、やっとリビングに出ていく。

そんな毎日をくりかえしていた。

だから、ママもまだ気づいていないんだと思う。わたしがここまで痩《や》せてしまっているということに。

……たいへんだ。

ママに気づかれたら、またイライラさせてしまう。この世の中でどうしても許せないたったひとつのもののように、わたしのことを怒《おこ》りだすにちがいなかった。

食べなくちゃ。

我《われ》に返ったように、そう思った。

なにより、このまま食べないでいれば、そのうち死んでしまうかもしれないのだ。

死ぬのはこわい。

ロボットの死がどんなふうにおとずれるものなのかはわからないけれど、きっと人間と同じように、衰弱《すいじゃく》して動けなくなるんだと思う。

生きてなにがしたいわけでもなかったけれど、漠然《ばくぜん》とした死ぬことへの恐怖《きょうふ》が、わたしの手を引いてくれる。

「まるちゃん、わたし、食べるようにする。ちゃんと食べて、もとにもどれるように
がんばる」
わたしがそう言うと、まるちゃんは、ほっとしたような顔で小さくうなずいた。
その顔を見て、わたしもなんだかほっとしてしまう。
だいじょうぶ。
春休みのあいだは、いまと同じようにママとは顔を合わせないでいられる。そのあ
いだにちゃんと食べて、もとにもどればいいんだから。

大好きだったダックワーズ。
ふわふわした生地《きじ》でできた、淡《あわ》い色のその焼《や》き菓子《がし》が、わたしは本当に大好きだった。
だから、ママもよく、おやつに買っておいてくれたのだけど……。
透明《とうめい》の包装紙《ほうそうし》を開いて、桜色《さくらいろ》のダックワーズを口に運ぼうとする。
おなかの少し上のあたりが、じゅくっとなった。吐《は》き気《け》がこみあげてきて、あわて

てダックワーズをテーブルの上にもどす。

やっぱりだめだ、と思う。

どうしても、どうしても食べられない。

口になにかを入れようとすると、決まって同じ場所が、じゅくっとなって、気持ちが悪くなる。

まるちゃんに、ちゃんと食べる、と約束してから、もう何度となく食べようとしているのに、わたしはまだ一度も、ちゃんと食べられていない。

最初は、冷蔵庫の中にあったヨーグルトを食べようとして、じゅくっとなった。ヨーグルトだからだめだったんだ、ダックワーズなら、と思った。

同じだった。食べようとすると、おなかの少し上のあたりが、じゅくっとなる。

何度試してみても、わたしの体は同じ反応をくりかえす。それはまるで、そうなるようにプログラミングされているかのように、正確に。

ちゃんと食べる、と決めてから、もう二日も経《た》ってしまった。

ひさしぶりに計ってみた体重は、三十三キロだった。食べなくなる前は四十二キロだったから、ほんの二週間足らずのあいだに、九キロも痩《や》せてしまったということだ。

体重が増えたらまるちゃんに報告することになっているのに、ほんの一キロも、わたしの体重は増えていない。どうしよう、と思えば思うほど、食べることがすごくたいへんなことのように感じてしまって、ますますわたしの体は食べることへの抵抗《ていこう》を強くしていくようだった。

これはもう、ママにお願いして、プログラムを変更《へんこう》してもらうしかないんじゃないだろうか――。

いつしかわたしは、そう考えるようになっていた。

本当は、痩せてしまったすがたをママに知られたくない。絶対に怒《おこ》られるってわかっていたし、できることなら、ママに気づかれないうちにもとにもどってしまいたかった。

だけど、こうなってしまってはもうしょうがない。

ママならきっと、わたしの設定を変えられるはずだから、食べようとすると体が拒《きょ》絶《ぜっ》反応を起こしてしまうようになったこの誤作動《ごさどう》を、修正してもらおう。

わたしはそう決心して、その夜、ママの帰宅に合わせて、リビングへ出ていった。

「おかえりなさい、ママ……」

疲《つか》れた様子で、上着も脱《ぬ》がずにソファに座りこんでいたママが、驚《おどろ》いたようにわたしのほうをふりかえった。

ママにおかえりなさいを言うのは、本当にひさしぶりだった。

ふりかえったママの顔に、うれしそうな表情が浮《う》かぶのを見て、わたしもうれしくなる。

その直後のことだった。

幽霊《ゆうれい》でも見たような悲鳴をママが上げたのは。

長く尾《お》を引くママの悲鳴に、わたしもつられて悲鳴を上げてしまった。

悲鳴を上げながら、ママがよたよたと近づいてくる。

「どうしたのよ、多鶴《たづる》……どうしちゃったのよぉ、たーちゃあん」

そう言ったきり、おんおんと泣きだしてしまった。

ママがわたしのほっぺたを両手ではさんで、すりすりとなでさする。どうして、どうして、とママはくりかえしている。

どうして？

それは、自分がロボットだったことに、どうしてわたしが気づいてしまったかってこと？

それとも、どうしてロボットのわたしがこんなに痩《や》せてしまったのかってこと？

わたしには、ママがなにをそんなに不思議に思っているのか、そして、どうしてそんなに嘆《なげ》いているのか、よくわからなかった。

だってこんなの、プログラムを修正すればいいだけのことなんだから。

もとどおり、ちゃんと食べられるように設定しなおせば、わたしはすぐにもとの体つきにもどれるはず。

なにも悲しむことなんかないのに、ママはどうしてこんなに大きな声を上げて泣いているんだろう。

てっきり怒《おこ》られるとばかり思っていたわたしは、拍子抜《ひょうしぬ》けしたように、ママの泣き顔を見つめていた。

もしかしたら、ママが泣いているところを見るのはこれがはじめてかもしれない、と思った。

とたんに、なんだかこわくなる。

ママがママじゃなくなってしまったようで、こわい。

ママが泣くときは、なにかとんでもないことが起きたときだけ。

多分、そんなふうに思っていたから。

たとえば、そう。

ママがわたしのママをやめたくなったときとか。

3

ベッドに寝《ね》かせられているわたしを見て、まるちゃんが息をのんだのがわかった。

「よう。きたよ、たづ」

その大きな黒目で、まっすぐわたしの顔を見つめたまま、まるちゃんが近づいてくる。

「うん……」

「入院しちゃったんだな」

「……ごめんね、まるちゃん。ちゃんと食べるって約束したのに、わたし、食べられなかったよ」

「そっか、食べられなかったか」

まるちゃんは、ベッドの横に置いてあったパイプ椅子《いす》に腰《こし》をおろしてから、顔を近づけてきた。

「たづの声ちっちぇーから、近づかないと聞こえねえよ」

「あ、うん、ごめんね……」

ここは、病室だ。

痩《や》せほそったすがたをママに見せたことで、わたしは病院に入院させられてしまった。

朝、目が覚めたらもう、ママはタクシーを呼んでいて、問答無用《もんどうむよう》で病院に連れてこられたのだった。

わたしを診察《しんさつ》したのは若い男の先生で、わたしをひと目見るなり、摂食障害《せっしょくしょうがい》ですね、と言った。

そうしてわたしはいま、栄養を取るための点滴《てんてき》の管《くだ》をつけられて、病室のベッドに寝《ね》かせられている。

まるちゃんからのメールがケータイに届いたのは、わたしが入院したその夜のことだった。
まるちゃんも、スマホは持っていない。SNSの類《たぐ》いもやっていないので、必然的《ひつぜんてき》に電話以外の連絡《れんらく》手段は、いまだにメールだけだ。

【体重、増えた?】

マンションにたずねてきてくれたとき交換《こうかん》したメールアドレスに、はじめて届いたまるちゃんからのメールの文面は、ごく短いものだった。
だから、わたしもなるべく簡潔《かんけつ》に返事をした。

【いま、入院してるの】

それに対するまるちゃんからの返事は、やっぱり短かった。

【見舞《みま》いにいくから入院先教えて】

言われたとおり、入院先の病院の名前を教えると、その翌日、さっそくまるちゃんはたずねてきてくれたのだった。

そのとき病室には、仕事を休んでつきそってくれていたママもいたのだけれど、お見舞《みま》いにきたのが、いつかのあのしっかり者の丸嶋《まるしま》くんだと知って、飲みもの買ってくるね、と言って、病室を出ていった。

いまは、まるちゃんとふたりきりだ。

「いつまで入院すんの？」

「点滴《てんてき》で栄養を取ったから、あしたには退院できるみたい。でも、しばらくは通院しなくちゃいけないって言われちゃった」

「そうなんだ」

「摂食障害《せっしょくしょうがい》っていうんだって。わたしみたいに食べられなくなること」

「お医者さんに、たづがロボットだってことは言ったの？」

「言ってないよ」

「なんで？」

「言っても無駄《むだ》かなって思ったから」

わたしをひと目見るなり、摂食障害《せっしょくしょうがい》ですね、と言ったあの若い男の先生。

あの人に、わたしの言うことをちゃんと聞く気があるようには思えなかった。なにを言っても、病気のせいだと判断されてしまうにちがいない。

わたしもひと目見ただけで、あの若い男の先生はそういう人なんだと思ってしまった。だから、わたしがロボットだっていうことは言っていない。

わたしは本当に人間そっくりに作られているから、病院の人でもだまされてしまうようだった。だれもわたしを人間じゃないとは思っていない。

ごく当たり前のように、わたしの血管をさがしあてて、栄養を流しこむ管を取りつけていく。

「言ってみたほうがいいんじゃない？」

まるちゃんが、思いがけないことを言いだした。

「えっ？　なにを？」

「だから、たづがロボットだってことをさ」

「先生に？」

こく、とまるちゃんがうなずく。

「どうして？」

「なんでも正直《しょうじき》に話しておかないと、治せるもんも治せないかもしんないじゃん」

「だって、ここは病院だよ？　人間は治せるかもしれないけど、ロボットのことは直せないよ」

「じゃあ、なんでたづのお母さんは、たづをここに入院させたんだよ」

まるちゃんの疑問も、もっともだった。

わたしのいまの不調《ふちょう》は、ママが設定をしなおしてくれれば、すぐにもとにもどせるはずだ。入院なんて、させる必要はない。

考えられることがあるとすれば、ママが、人間の娘《むすめ》としてのわたしをまだあきらめていないから、ということくらいだ。

「お母さんはわたしを、人間としてそばに置いておきたいんだと思う。だから、痩《や》せほそったわたしを見て、入院させなきゃってあわてちゃったんじゃないかな」

まるちゃんは、わたしの枕《まくら》もとに向かって上半身を乗りだしながら、ものすごく真《ま》面目《じめ》な顔をしてわたしの目をのぞきこんでいる。

なにかをさがすように、わたしの目を見ている。

「オレは、ちゃんと先生に話したほうがいいと思う」

まるちゃんは重ねてそう言うと、椅子《いす》からするりと腰《こし》を上げた。

「じゃあ、またな」

そして、そのまま病室を出ていってしまった。

怒《おこ》ったのかな、まるちゃん……。

わたしがおとなの人を馬鹿《ばか》にするようなことを言ったから。

なにを言ったって、どうせわかってくれない――そんなふうに思うことは、相手を馬鹿にしているのと同じことだ。

まるちゃんは、わたしがあの若い男の先生を、どうせわかってくれない人だと見下したことを見抜いて、気分を悪くしたのかもしれない。

まるちゃんを怒《おこ》らせてしまった、と思ったら、いてもたってもいられないような気持ちになったけれど、点滴《てんてき》の管《くだ》をつけられて横になっているわたしには、まるちゃんを追いかけていくことはできなかった。

胸の中に広がっていく雨雲のような黒い不安な気持ちに、ただじっと耐《た》えていることしかできずにいた。

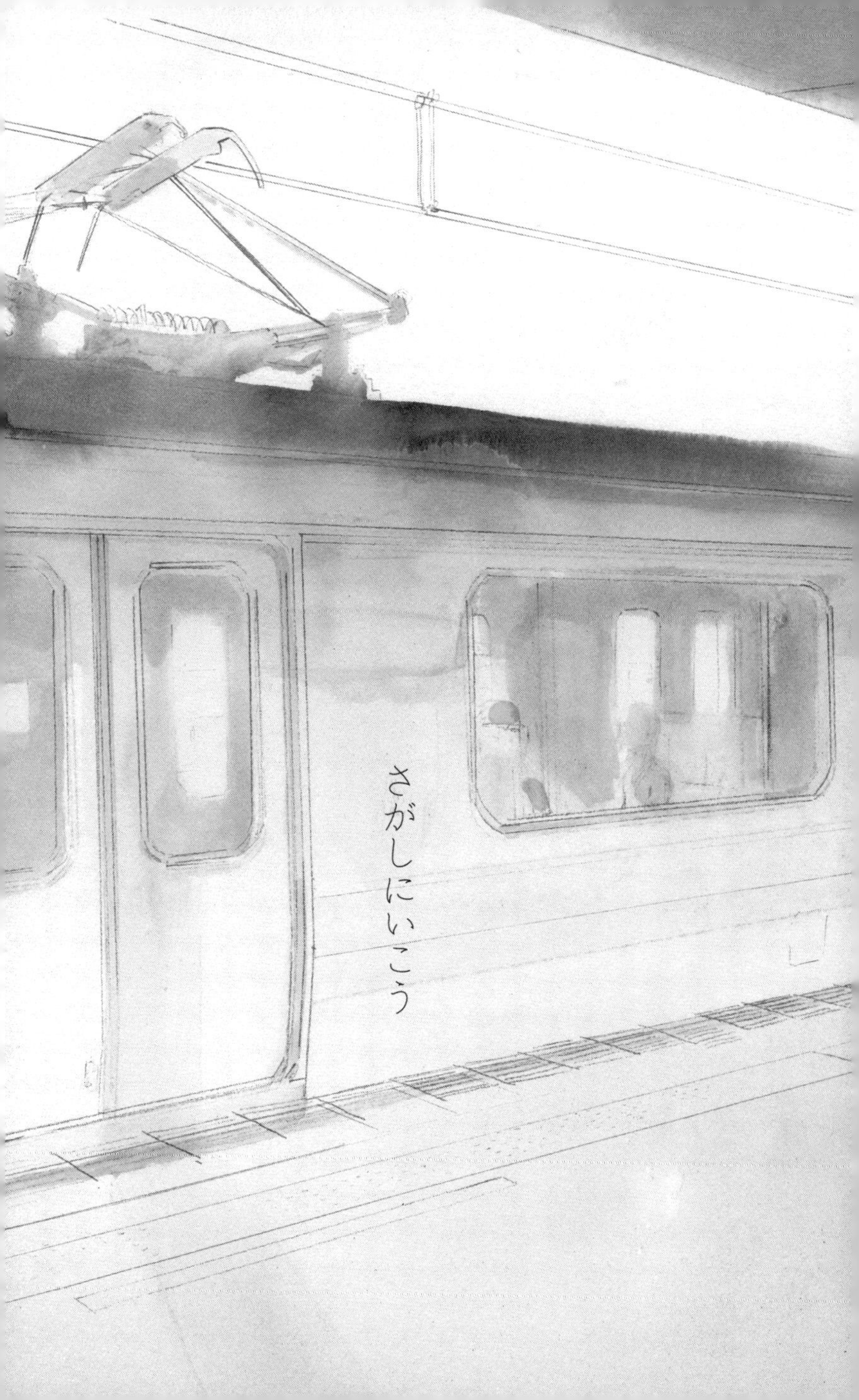
さがしにいこう

—


退院して自宅にもどるとすぐ、わたしはママにたのんだ。

わたしの誤作動《ごさどう》を修正してほしいって。

食べようとすると、おなかの少し上のあたりが、じゅくっとなっちゃうようになったから、設定をしなおしてほしいって。

わたしがそうお願いすると、ママは両手で顔をおおってしまった。

『お願い、多鶴《たづる》。もうおかしなことを言うのはやめて。ママのほうがおかしくなりそうだよ』

『でも、ママ、わたしこのままじゃ……』

『本当にもう、やめて。お願いだから。いっちゃんのせい？　ママのパートナーが女の人だったことが、そんなにいやだった？　だから、ママをこまらせようとしてるの？』

ちがう！〈いっちゃんさん〉のことなんて、なんの関係もない。わたしはただ、もとにもどりたいだけ。誤作動《ごさどう》を直してもらって、ふつうに食べられるようになりたいだけ——そう言いたいのに、うまく言葉が出てこない。

ママは、顔を両手でおおったまま、ふるふると首を横にふった。

『多鶴《たづる》……多鶴はね、病気なの。摂食障害《せっしょくしょうがい》っていう、病気。でもね、病気は治せるから。ママといっしょに治そう？　ね？　ちゃーんと病院に通って、きちんと治そう。ママもいっしょに通うから』

ママの中では、わたしはもう、摂食障害にかかったことになってしまっているようだった。

どうしてもママは、わたしを人間の娘《むすめ》のままにしておきたいのだと、あらためて思い知った。

いくらお願いしても、ママはわたしの誤作動を修正してくれる気はないのだ。

こんなにわたしが痩《や》せてしまっても、ママの気持ちは変わらなかった。

ママは、変わらないんだ……。

わたしは決めた。これ以上、ママになにかをお願いするのはやめようって。

自分でなんとかするしかない。この誤作動《ごさどう》も、これから先のことも。

わたしは、ママに言った。

『わかったよ、ママ。わたし、ちゃんと〈直す〉。もとどおりになるように、がんばるね』

ママが、どんな顔をしてそれを聞いていたのかはわからない。

うれしそうにしていたのか、疑うような表情をしていたのか。

わたしは顔をうつむかせていたから。

ママの顔を見ないで、それを言ったから。


「多鶴《たづる》、じゃあ、ママ、お仕事いくからね。なにかあったら、すぐに電話するんだよ」

玄関《げんかん》から、ママがわたしに声をかけている。わたしはリビングのソファに力なく座ったまま、いってらっしゃい、とだけ答えた。

わたしが入院していた三日間、ママはずっとお仕事を休んでいた。フリーでお仕事をしているママは、休めば休んだ分だけ、やらなくちゃいけないことが滞《とどこお》っていく。

病院にはきょうの午後から通うことになっていて、ママはきょうもお仕事を休むと言ってくれたけれど、わたしはそれを断った。ひとりでもだいじょうぶだから、と。

玄関のドアが閉まって、外から鍵《かぎ》をかける音が聞こえてくる。ひとりになると、わたしはカフェテーブルの上に置かれている赤いアクリル製《せい》のボウルに目をやった。

ママがデザインしたレトロ調《ちょう》のボウルには、いろんなお店のダックワーズが、山盛りになっている。ダックワーズなら食べられるかもしれない、とわたしがママに言ったからだ。

食べなくちゃ、と思う。

食べないと、また痩《や》せてしまう。

このあいだ、食べようとして食べられなかったものとはちがうお店のダックワーズを手に取る。包装紙《ほうそうし》をはがして、口へと運ぶ。あとは噛《か》んで、飲みこむだけだ。

たったそれだけのことが、どうしてもできない。

こんなこと、無駄《むだ》なのに――。

噛もうとすると、そう思ってしまう。

無駄なことはしたくない。だってわたし、ロボットだもの。ロボットは、無駄なことなんかしない。人間の役に立つことしか、しないはず。

口に入れたままだったダックワーズが、唾液《だえき》で溶《と》けてどろりとしてきた。

その感触《かんしょく》が舌に触《ふ》れた瞬間《しゅんかん》、おなかの上のあたりがじゅくっと膿《う》んだようになって、我慢《がまん》できなくなる。

あわててキッチンまで走っていって、口の中のものをシンクに吐《は》きだした。

やっぱり、食べられない。

食べられないよ……。

わたしは、水道の水で口をゆすぎながら、ひっそりと泣いた。

こんな誤作動《ごさどう》、ほんの数秒で直せるはずなのに。

ママは、直してくれない。

ママ以外のだれにたのめば直してくれるのかもわからない。

なんて孤独《こどく》なんだろう、〈少女型ロボットの鈴木多鶴《すずきたづる》〉は。

自分のせいじゃないのに起きてしまった誤作動にも、たったひとりで立ちむかわなくちゃいけない。ママにもたよれない。病院の先生にも、本当のことを言う気にはなれない。

本当のことをわかってくれているのは、まるちゃんだけ。

まるちゃんだけが、わたしの言うことをおかしなことだって決めつけずに、たづがそう言うならって信じてくれた。

まるちゃんのことを考えたら、余計《よけい》に悲しくなってきた。

お見舞《みま》いの途中《とちゅう》で、急に帰ってしまったまるちゃん。

あっけなくまるちゃんにも嫌《きら》われてしまったわたしはいま、本当にひとりぼっちだ。

ロボットなのにひとりぼっちがこんなにつらいなんて、いったいどれだけ人間そっくりにできているんだろう。そのくせ、食べることすらちゃんとできなくなってしまったのだから、人間としても、ロボットとしても、欠陥《けっかん》が多すぎるとしか言いようがない。

流しっぱなしの水道の水が、シンクの上で派手《はで》な音を立ててしぶきを上げている。意味もなく、わたしはその様子を見つめつづけていたのだけど、しぶきが上がる音の中に、別の音が混じっていることに気がついて、はっとなった。

急いでリビングにもどる。

ソファに置《お》き去《ざ》りにしてあったケータイが、鳴っていた。

「まるちゃんだ!」

発信元をたしかめて、思わず声を出してしまう。

なんだかうまく動かせない指で、着信ボタンをぎゅっと押《お》した。

「もっ、もしもし!」

「あ、たづ。オレ、まる」

「うん……」

「あのな、たづ。オレ、あのあと、図書館いって調べたんだよ。摂食障害《せっしょくしょうがい》っていうのがどういう病気なのか」

「えっ」

それであんなに急に帰ってしまったのか、と思ったら、ついさっきまでの途方《とほう》に暮れていたような気分が、一気に吹《ふ》きとんだ。

くちびるが、勝手に笑っている形になってしまう。

まるちゃんは、わたしの途方に暮れていたような気分のことも、それが一気に吹きとんでしまったことも知らないまま、しゃべりつづけている。

「摂食障害になると、自分がじつはロボットだったたって思いこむ病状《びょうじょう》みたいなのがあるんじゃないかって急に思ってさ。でも、オレが調べたかぎりじゃ、そういう病状についてては書いてなかった」

きらわれたわけじゃなかったんだ。

よかった。

本当に、よかった……。

飛びまわりたくなるくらいうれしい気持ちをしみじみと噛《か》みしめていたわたしに、
もしもし？　とまるちゃんが呼びかけてきた。

「聞いてる？　たづ」

「あ、うん、聞いてるよ」

「だからな、たづのはただの摂食障害《せっしょくしょうがい》とはちがうんだなって思ったわけ。それって、たづがいくら病院に通ったって、治る見こみがないってことだよな」

まるちゃんにきらわれていなかったことを知って、胸がまだいっぱいだったわたしは、また少し、返事をするのが遅《おく》れてしまう。

ほんのわずかなその空白に、ふと、わたしは思った。

どうして？　と。

どうしてまるちゃんは、こんなにやさしいの？

ほかの男子とまるちゃんが、まるでちがうことは知っているつもりだったけれど、それにしたって、まるちゃんはやさしすぎる気がする。

中学生の男の子が、彼女《かのじょ》でもない女の子に、こんなに根気《こんき》づよくやさしくできるものなのかな？

そんなの、おとなの男の人にだってむずかしいことのような気がする。とっくに愛《あい》想《そ》を尽《つ》かしていたっておかしくないし、なにより、ロボットがどうのこうの言いだすような面倒《めんどう》な女の子には関わろうとすらしないよね、とも思う。

わたしはほかの女子よりも、ちょっとにぶいところがあると思うし、おとなっぽくふるまうこともじょうずじゃなかったりするけれど、それでも、わかる。

まるちゃんのわたしに対する態度は、少し度《ど》をすぎているのかもしれないってことくらいは。

「たづ？」

うっかりまた、だまりこんでしまっていたわたしに、まるちゃんが声をかけてくる。

なにを言われてたんだっけ、とあわてて記憶《きおく》をさぐる。

ああ、そうだ。いくら病院に通ったって、治る見こみがないってことなんじゃないかって言われたんだ。

「うん……そうだね、わたしもそういうことだと思う」

返事が遅《おく》れがちなわたしにも、まるちゃんはいらいらした態度を取ったりはしない。それどころか、わざわざ話すスピードをゆっくりにしてから、「ってことはさ」と言った。

「病院とは別に、どうしてたづが急に食べられなくなったのか、その原因《げんいん》をちゃんと見つけたほうがいいと思うんだけど」

「原因……」

ほら、やっぱり変だよ、と思う。

つきあってもいないわたしのために、まるちゃんがそこまで考えてくれるなんて。

「ねえ、まるちゃん」

急にこわくなって、たしかめたくなった。

まるちゃん、わたしのことなんか好きじゃないよね？　って。告白する予定があって、それでやさしくしてくれてるんじゃないよねって。

だって、わたしは恋《こい》なんかできない。

ロボットだもの。

ロボットは恋《こい》なんてしないし、わたし自身、まるちゃんとそういう関係になりたいと思っていない。思っていないどころか、たったいままで、自分とまるちゃんのあいだに、そういう関係になる可能性があるってことにすら、気づいていなかった。

万が一、まるちゃんが告白するつもりで卒業式のあとうちまできてくれていたり、ロボットの話につきあってくれているのだとしたら、わたしがその告白を断ってしまったとき、すごくがっかりするにちがいない。これまで自分がしてきたことはなんだったんだって。

わたしはまるちゃんを、がっかりさせたくなかった。

「まるちゃんって……もしかして、わたしのこと……」

おそるおそるそこまで言いかけたところで、まるちゃんのほうから、「ちがう！」と言いかえしてきた。

えっ？　と思いながら、ケータイの向こうから聞こえてくるまるちゃんのかすかな息づかいに耳をすませる。

「かわいそうとか、そういうんじゃないって。オレ、ふつうにたづが心配なだけだから！」

つづけてまるちゃんがそう言ったとき、とんでもないかんちがいをしていたことに、わたしは気づいた。

そうだったんだ。まるちゃんはわたしのこと、かわいそうに思ってやさしくしてくれてたんだって。

まるちゃんはきっと、『わたしのこと、かわいそうだと思ってやさしくしてるの？』ってきかれると思ったから、ちがう、と言ったにちがいなかった。わたしはそんなこと、きこうともしていなかったし、疑ってもいなかったのに。

まるちゃんの中にはずっと、たづはかわいそうなやつだから、という思いがあった。だからこそ、わたしの言いかけだった問いかけを先読みしてしまったんだと思う。

まるちゃんはわたしのことを、かわいそうなやつだと思っていて、だから、やさしくしてくれていた、という事実を知って、わたしは無性《むしょう》に、ほっとしていた。

なんだ、そうだったんだ、と。

「よかった……」

思わず、声に出してつぶやいてしまった。

まるちゃんはそれを聞いてもまだ、思いちがいをしたままでいる。

「オレとたづがはじめてちゃんとしゃべったのって、たづが横断歩道でしゃがみこんでたときだったじゃん？　だからさ、オレの中でたづは、いつまた具合悪くなるかわかんないやつってなっちゃってんだと思う。そんで今回の痩《や》せまくりなわけじゃん。そりゃ心配するだろ、ふつうに」

うん、そうだよね。

すがたの見えないまるちゃんに向かって、小さくうなずく。

もともとやさしいまるちゃんだもの、体調を悪くしやすかったり、激痩《げきや》せしちゃうような同級生がいたら、やさしくしないでいられるわけがないんだよね。

まるちゃんに、かわいそうだと思われていたことは、少しも気にならなかった。ただ、まるちゃんのわたしへの度《ど》を超《こ》しているようにも思えたやさしさに、ちゃんと理由があったことにほっとしていた。

まるちゃんは、わたしをかわいそうに思っているだけ。それならば、わたしが恋《こい》をしない少女型ロボットでも、まるちゃんをがっかりさせることはない。

不安だった気持ちがなくなったとたん、恥《は》ずかしくなってきた。なんてひどいかんちがいをしてしまったんだろうって。うぬぼれるにもほどがある。まるちゃんが、自分に告白しようとしているのかもしれない、と疑うなんて。

恥ずかしさをごまかすように、自分から中断させてしまった話のつづきをはじめてみた。

「それで、あの、原因《げんいん》をさぐるって、どうやってやるの?」

ケータイの向こうから、まるちゃんのせきばらいが聞こえてきた。テレビがついている音がする。耳をすましてみたけれど、なんの番組かまではわからなかった。せきばらいのあとに、「えっとな」と答える声がつづく。

「なんでもいいから、たづに関する情報を集めてみるとか? まずはロボットのこと、くわしく知ってみたいんだよなあ、オレ」

わたしに関する情報。

まるちゃんに言われて、はじめて気づいた。

そうだ。わたしは、自分がロボットだというのに、ロボットのことをなにも知らない。

そもそも、世の中にロボットなんてまだぜんぜんふつうにいないのに、わたしみたいなよくできたロボットがいること自体が不思議だった。

わたしの存在は、いまの世の中ではありえない。

コンパクトなサイズの、おもちゃみたいなロボットなら売っているけれど、人間そっくりな少女型ロボットを売っている話なんて、聞いたことがない。

わたしは、知るべきなのかもしれなかった。自分のことをもっとちゃんと。

わたしを買ってきた張本人《ちょうほんにん》のママなら、きっとなんでも知っているはずだけど、ママは、わたしがロボットだっていうことを絶対に認めようとしない。

だったら、やっぱり自力《じりき》でさがすしかないのだ。わたしという存在についての情報を。

まるちゃんは、そんでね、とつづけた。

「オレのいとこが東京の大学にいってるんだけど、工学部なんだよ。それ思いだして、連絡《れんらく》してみたのな。そしたら、同じ学部にロボット工学っていうのがあって、友だちがそのロボット工学を専攻《せんこう》してるんだって。で、いとこは別の専攻なんだけど、ときどきロボット作るのを手伝ったりもしてるらしい」

「ロボットを」

「そう、ロボットを。作れるくらいなんだから、ロボットのこといろいろくわしそうじゃん？」

「そうだね、きっといろいろくわしいよね」

「オレ、ちょっとそのいとこにロボットのこと教えてもらおうかなって思って。でさ、たづ。いまから家、出られそう？」

「えっ、家？」

「いってみない？　東京。たづもいっしょに」

「東京……いまから？」

「そう、いまから」

わたしたちが住んでいる町から東京までは、片道二時間半くらいかかる。中途半端《ちゅうとはんぱ》に関東のすみっこにある町なので、新幹線や特別な急行なんかがうまく通っていないのだ。

壁《かべ》にかかっている時計に目をやると、お昼の十二時を少しすぎたくらいだった。病院の予約時間は十五時だ。いますぐ駅に向かえば、そう遅《おそ》くない時間に東京に着くけれど、病院にいったあとだと、夜になってしまう。

「無理そう?」

わたしの長い沈黙《ちんもく》に、まるちゃんがちょっとあきらめたような声になっている。

その声を聞いたとたん、いこう、と思った。

病院には電話して、都合《つごう》が悪くなったのであしたからいきます、と言えばいい。

「無理じゃないよ。だいじょうぶ」

「ホントに?」

「うん」

まるちゃんの声が、いつもの元気なまるちゃんの声にもどった。

「じゃあ、十二時半に駅の南口。で、いい?」

「うん、いいよ」

そうしてわたしとまるちゃんは、三十分後に駅前で落ちあう約束をして、電話を切った。


胸のすぐ下に切《き》り替《か》えがあるデニムのワンピースに、ふわふわ素材《そざい》の白いカーディガン、黒いタイツにワンストラップの黒い革靴《かわぐつ》。

それが最近のわたしにとって、とっておきのおしゃれなかっこうだった。

髪《かみ》は耳の下で結ぶツインテールにして、小《こ》ぶりなショルダーバッグはななめがけに。

東京でたくさん歩くかもしれないから、バッグは手に持たないタイプのものにした。

バスを降りて、ターミナルをぐるりと回るようにして駅に近づいていくと、おーい、と呼んでいる声が、うしろのほうから聞こえてきた。まるちゃんの声だ。

足を止めてふりかえると、自転車に乗ったまるちゃんが、近づいてくる途中《とちゅう》だった。

「これ、駐輪場《ちゅうりんじょう》に置いてきたらすぐ改札いくから」

そう言って、わたしを追いぬいていく。

男子は駅に出るのにも自転車なんだな、とおかしなことに感心してしまう。

改札の横に立って待っていると、手ぶらのまるちゃんが走ってきた。

きょうのまるちゃんは、紺色《こんいろ》の丸首ニットに、色の濃《こ》いジーンズを合わせている。足もとは、履《は》き古《ふる》したローカットの白いスニーカーだ。シルエットがすっきりとしていてコンパクトなせいか、このあいだ見た私服すがたよりも、おとなっぽく見える。

そういえば、お見舞《みま》いにきてくれたときのまるちゃんはどんなかっこうをしてたっけ、と思いだそうとするのだけれど、思いだすことができなかった。点滴《てんてき》をずっと打たれていて、ちょっとぼーっとしていたからかもしれない。

「よし、いくか」

まるちゃんは、わたしの前で足を止めることなく、そのまま改札へと向かった。

あわててあとを追いかける。

なんだかすごく急いでいるようだったので、「電車、もうくるの?」とたずねたら、

「いや、そうじゃないけど……」と、なんだか歯切《はぎ》れの悪い答えがかえってきた。

どうしたんだろう、と思いはしたものの、ちょうどそのとき、上り電車がくるというアナウンスが聞こえてきたので、急げ急げ、とまるちゃんに急《せ》かされながら、階段を駆《か》けあがるはめになった。

まるちゃんが急いでいた理由はわからずじまいになってしまったけれど、夢中で走ったおかげで、ホームに入ってきた電車には、どうにか乗りこむことができた。

2

改札口でまるちゃんが急いでいた理由は、シートが向かいあっている席の窓ぎわに、向かいあわせで座ったあと、教えてもらった。

「バスターミナルの手前の歩道にさ、ちょっと顔合わせたくないやつがいたから、こりゃ急がないと駅でいっしょになるんじゃねえかと思って。そんで急いでた」

へえ、意外、と思った。

まるちゃんにも、顔を合わせたくない、と思うような人がいるんだな、と。

向かい側の座席に座っているまるちゃんをまじまじと見つめていたら、不意《ふい》に、で、と話しかけられた。

「きょうはなんか食べた?」

思わず、ぎく、となってしまった。

「あ、その顔。食べてないんだ」

「食べようとしたんだけど……」

「だめだった？」

「……うん」

「そっかー、だめだったか」

わたしは、ダックワーズを食べようとしたことと、どうしてダックワーズなのか、をまるちゃんに話した。

「えっと、つまり、そのだっくわーず？　っていうのは、たづがまだ、自分のことを人間だって思いこんでたころの大好物だったってことな」

「そう。だから、ダックワーズなら食べられるんじゃないかなって思ったんだけど、やっぱりだめだった」

「ふうん……でさ、だっくわーずってどんな食べものなの？」

まるちゃんが真顔でそんなことをきいてきたので、びっくりしてしまった。ダックワーズって、そんなにマイナーなお菓子《かし》なの？　って。

びっくりしながらも、わたしがダックワーズの特徴《とくちょう》を説明すると、まるちゃんは、わかったのかわかってないのかよくわからない顔をして、なるほどなるほど、とだけ言った。

「オレはー、きょうの朝はきのうの夜のごはんと、のりたま食ったな。うん」

ごはんとのりたまだけの朝ごはん。

春休みのあいだも、まるちゃんのお母さんはやっぱり朝ごはんを作ってくれないのかな、と思った。

「ねえ、まるちゃん」

「うーん？」

まるちゃんは、窓の向こうの眺《なが》めに気を取られている。ぼーっとした横顔のまま、ぼーっとした返事をしている。

「まるちゃんのお母さんって、朝早く起きるのが苦手なの？」

ぼーっとしたまま、まるちゃんは首を横にふる。

「朝はちゃんと起きてるよ」

「でも、ごはんは作らないの？」

「うん。兄ちゃんが、食べないから」

お兄さん？

まるちゃんって、お兄さんがいたんだ、と思う。

あれ？　と言いながら、まるちゃんがわたしのほうに顔を向けなおした。

「たづ、知らないの？　うちの兄ちゃんのこと」

「えっ、うちの学校にいた？」

わたしがそう答えると、まるちゃんは、あー、そっかそっか、たづは知らなかったかー、と言いながら、いずまいを正した。

「たづのお母さんって、あんまほかのお母さんたちとつるんでないもんな」

たしかにうちのママは、学校行事にもあまり積極的《せっきょくてき》には参加していないし、同じマンションの別の学年の人のお母さんとはおつきあいがあるけれど、わたしと同学年の子どもがいるお母さんとのおつきあいは、ほとんどしていない。

そもそもママは家にいる時間が短いから、ご近所の人と親しくなるのはなかなか難しいのだと思う。

「うちの兄ちゃん、同じ学年の子どもがいる親のあいだでは、けっこう有名なんだぜ」

まるちゃんは、ジーンズのつっぱった部分を引っぱって直しながら、ふふっというように笑った。

「すげー、悪い意味で」

「悪い、意味」

「そ、悪い意味」

電車の中はすいていた。

わたしたちのほかに、同じ車両に乗っている人は数えるほどしかいない。

まるちゃんは、声をひそめることもなく、お兄さんのことを話してくれた。

「とにかく、ずーっと勉強してたんだよ、うちの兄ちゃん。母親が、下宿《げしゅく》させてでも東京の有名な私立中学に合格させたかったみたいで。オレも小学校の三年のときに塾《じゅく》につれてかれそうになったんだけど、断固《だんこ》として拒否《きょひ》して。それからはもう、余計《よけい》に兄ちゃんにかかりっきりになっちゃってさ」

電車が揺《ゆ》れるたびに、まるちゃんの前髪《まえがみ》が揺れる。長すぎず、短すぎないその前髪の下からは、濡《ぬ》れたように光っている黒目がちな一重《ひとえ》の目がのぞいている。

わたしはなんだか、一枚の絵を見ているような気持ちになりながら、まるちゃんを見つめていた。

「で、受かったんだよ。ほら、毎年、東大に何人合格した、みたいなので騒《さわ》がれる有名な男子校ってあるじゃん。ああいうとこの付属《ふぞく》中学にさ」

「すごい」

「うん、オレもすごいと思った。もうそのときの母親の狂喜乱舞《きょうきらんぶ》っぷりったら、ハンパなかったし。ふだん、ほとんど笑わない兄ちゃんも、やたら笑っててさ、あんときは、ホントうちんなかが、ぱーっとしてた」

でもさ、と言って、まるちゃんが胸の前で腕《うで》を組んだ。

「入学して二か月くらい経《た》ったころだったかな？　急に兄ちゃんが、学校にいかなくなっちゃって。俗《ぞく》にいう、不登校ってやつな。しょうがないから下宿先《げしゅくさき》も引きはらって、いったんうちにもどってきたんだけど、そこから一年以上、家から出なくなっちゃった。うちの朝ごはんがなくなったのも、そのころから。母親がもう、亡霊《ぼうれい》みたくなって、家のこと、なんにもしなくなっちゃったんだよね」

わたしがずっと黙《だま》っていたのが気になったのか、まるちゃんが、あ、と言って目を合わせてきた。

「なんかオレ、ひとりでしゃべってんじゃん」

まるちゃんの真っ黒な瞳《ひとみ》が、ちょっと戸惑《とまど》っているように見えた。

話しすぎてしまった、と思っているのかもしれない。

「まるちゃんの話が聞けて、わたしはうれしいよ。わたしのことはけっこうまるちゃんに話してるのに、まるちゃんの話って、いままであんまり聞いたことなかったもん」

「そうかあ？　オレだっていろいろ話してるだろ」

「そんなことないよ。東京までまだまだたくさん電車乗るんだから、いろいろ話しながらいこうよ。いつも話せないこととか」

まるちゃんが、くしゃっと目を細めて笑った。

「ゆるいよなあ、たづって。そういうところが、たづのいいとこだな！」

「えっ、ゆるい？　わたしが？」

「そう。なんていうか、なんでも受けいれるっていうか、なんにもいやがらないっていうか、うーん、なんかうまく言えないけど、がちっとしてないんだよな。うちの母親とか、すげーがちっとした人だから、余計《よけい》にそう思うのかもだけど」

まるちゃんは、あれこれと思いつく言葉をならべてわたしのゆるさを説明してくれようとしている。

うれしかった。

まるちゃんの中に、ちゃんとわたしがいるんだなって思えて。

わたしの中に、わたしだけが見ているまるちゃんがいるように、まるちゃんにも、まるちゃんにしか見えていないわたしがいるんだなって。

本当のわたしは多分、まるちゃんが思っているような女の子じゃないと思うよ、まるちゃん、と思ったけれど、それでも、うれしかった。

「えっと、どこまで話したっけ。うちの母親がなんにもしなくなっちゃったってとこまでか。いまはいちおう、夜のごはんは作ってくれるようになったし、洗濯《せんたく》とかもやってくれてるから、そんなこまってないんだよな。うん、かなりふつうになった。兄ちゃんもいまは、フリースクールっていうの？　そういうとこに通うようになったし」

「そうなんだ。よかったね」

「よかった……のかねー。なんか母親はまだ、よく泣いてるけど。どうしてこんなことになっちゃったんだろう、とか言って。もちろん、兄ちゃんがいないときだけど」

それをまるちゃんが知っているということは、まるちゃんの前では泣いている、ということだ。

わたしはつい最近まで、ママが泣いているところを見たことがなかった。

ついこのあいだ、わたしが痩《や》せてしまったすがたを見たとき、ママははじめてわたしの前で泣いた。

わたしは、泣いているママを見て、こわい、と思った。わたしの前で泣くママは、わたしのママじゃなくて、鈴木千鶴子《すずきちづこ》さんっていう知らない女の人みたいで、なんだかすごくこわかったのだ。

まるちゃんも、そんなふうに感じてるんじゃないのかな、とふと思ったけれど、口に出しては言わなかった。

「たづは、オレのことかわいそうって言わないのな」

「あ！　ごめん……なさい」

「あやまんなよー、それがうれしいって思ってんだから」

「えっ、そうなの？　じゃあ、かわいそうって思わないでおくね」

うん、とも言わずに、なぜだかそこで黙《だま》りこんでしまったまるちゃんが、じっとわたしを見ている。

どうしたの？　と目でたずねた。とたんにまるちゃんが、うーっとうめき声をもらしながら、頭を両手でかかえて顔をうつむかせてしまう。

「ま、まるちゃん？　どうしたの？」

あわてるわたしに、まるちゃんは顔をうつむかせたまま、「ごめん！」とあやまった。

「前にオレ、たづのことかわいそうって思ってないって言ったけど、あれ、うそかも。ホントはたづのこと、最初はかわいそうって思ってた。最初な！　最初だけ」

「あ、うん……」

知ってたよ、まるちゃん。

まるちゃん、うそつくの下手だったから。

「体弱くて、なんか、かわいそうなやつだなって思って……だれかに助けてもらってないとだめなやつなのかも、こいつって」

やっとまるちゃんが顔を上げて、わたしのほうをちゃんと見た。

「だれかにやさしくしたかったんだと思う、オレ」

「だれかに？」

「だれかに」

「やさしくされるんじゃなくて？」

「うん」

電車が揺《ゆ》れて、わたしとまるちゃんの体も揺れた。あいかわらず車内はすいていて、わたしたちのほかには、だれも会話をしていない。自然と、わたしとまるちゃんは声をひそめて話していた。

「うちの家族は、オレにそういうの求めてないからさ。問題を起こさないでいてくれさえすれば、羽津実《はづみ》は好きにしてていいからって感じで、なんにも求められてないっていうか……」

わたしはたぶん、びっくりした顔をしていたのだと思う。まるちゃんが、あまりにも予想外のことを言いだしたから。

まるちゃんはただ、かわいそうだと思ったわたしのことを、放っておけなかっただけだと思っていた。まさかまるちゃんのほうに、そうしたい理由があるなんて、思ってもみなかったのだ。

まるちゃんの目が、わたしをじっと見つめている。許しを請《こ》うというよりは、救いを求めているような目で。

「たづにやさしくできるのが、うれしかったんだと思う。たづがオレをたよってくれてるのもわかってたし……たづのこと、かわいそうだって思えば思うほど、オレにできることが増えていくって……うわ、こうやって口に出して言うと、オレ、ひでえな」

「ひどくないよ」

「ひどいよ」

「ひどくない」

わたしたちはちょっとだけ言い合いみたいになって、結局、まるちゃんが折れた。

「たづがひどくないって思ってんのなら……いいのか。気にしなくても」

「いいに決まってるよ！　どうしてやさしくしてもらったのに、ひどいことされた、なんて思うの？　思うわけないじゃない」

まるちゃんは、ちょっと考えこむように足もとに視線を落としている。

「……オレは、いやだった。近所の人とかに、かわいそうな羽津実《はづみ》くんって目で見られんの。そういう目で見られてるって気づくたびに、イラッてしたし、マジでうちの家族ってサイテーだと思ってた」

「うん……」

「オレのこと、かわいそうだと思っていいのは家族だけなのに、うちの家族だけがオレをかわいそうって思わないで、なんで関係のない赤の他人ばっかオレをかわいそうがるんだよって」

まるちゃんにとって、かわいそうって思われることは、まるちゃん自身をひどく傷つけてしまうことだったんだと、はじめて知った。

わたしの中にはなかった感情だ。だから、平気でいられた。いまも、まるちゃんにかわいそうだと思われていたことに、わたし自身は傷ついていない。

「……いいわけするわけじゃないんだけどさ」

まるちゃんが、ふっと上げた顔を、そのまま窓のほうに向ける。横顔を見せたまま、まるちゃんは一気に言った。

「激痩《げきや》せしたたづを見てさ、オレ、本気でたづのこと、かわいそうって思った。それって、うちの近所の人たちが言う『かわいそう』とは、なんかちがったんじゃないのかなって。自分の家族をかわいそうがる感じで、オレはたづをかわいそうって思った気がしてんだよね」

「うん」

「うちの家族が、オレをかわいそうって思ってくれないなら、代わりにオレが、うちの家族以外のだれかをかわいそうって思って、そんで、めちゃくちゃにやさしくするからいいよもうって。なんか、そんな感じだったのかもしんない」

家族の代わり。

わたしはまるちゃんにとって、家族の代わりのようなものだった？

まるちゃんにとってはそれが、必要なことだった？

だったら、いくらでもわたしを家族の代わりにしてくれていい、と思った。好きなだけわたしをかわいそうがっていいし、やさしくしてくれればいい。

まるちゃんが本当にそれをしたいと思っている人たちが、それをさせてくれないでいるのなら、わたしで全部、満《み》たしてしまえばいい――。

まるちゃんが、ひさしぶりに正面を向いてくれた。

「ひいた？」

おそるおそるという様子で、そんなことをきいてくる。

「ひかない」

「なんで？」

「言ったでしょ、わたしはまるちゃんにかわいそうって思われてること、ちっともいやじゃないって」

「じゃあ、これからもたづにかまってもいい？」

「もちろん」

「すげーかまうかもよ？」

「ぜんぜんいいよ」

「マジで？」

わたしが力強くうなずくと、まるちゃんは、「そっか」と言って、大きな黒目を細くした。本当にうれしそうに笑って、そっかそっか、とくりかえしている。

車窓の向こうに見えている眺《なが》めが、少しだけ変わりはじめているのに気づいた。

畑ばかりだった風景の中に、少しずつ民家《みんか》の数が増えはじめていた。幅《はば》の広い道や、巨大《きょだい》なドラッグストアの看板《かんばん》も見えている。

いろいろ話しすぎたことを恥《は》ずかしがっているのか、少しのあいだ、まるちゃんはまた、だまったままだった。

ガタン、と電車が揺《ゆ》れた拍子《ひょうし》に、その口が、やっと開いた。

「最初の乗《の》り換《か》えまで、あと四十分くらいか。そのあと、乗り換えが二回だろ。長い道のりだなー」

すっかりいつものまるちゃんの口調だった。ほっとしながら、わたしはうなずく。

「意外に遠いよね、東京って」

「同じ関東なのにな」

なんだか急に不思議な気持ちになった。

わたしはこれから、まるちゃんといっしょにどこへいこうとしてるんだろう。

東京？

本当に？

このまま知らないどこかへいってしまえたらいいのに。
そんなことも、思った。

□

真っ暗だ。
目を開けているのに、閉じているみたいに暗い。
箱の中だ、とすぐに気がつく。
わたしはいま、直立の体勢で大きな箱の中に入れられているんだ、と。
身じろぎもできずに、わたしは箱の外の音を聞きとろうと必死に耳を澄《す》ました。
『なにか気をつけることはありますか？』
あ！

ママの声だ！

ママの声が聞こえてくる。

『そうですねえ、まあ、ほぼ人間と同じだと思って接《せっ》していただければ、特に問題はないと思いますよ』

ママは、わたしを販売している人と話をしているようだった。

いまのうちにきいておきたいことはきいておこう、と思っているようで、ママは次々と質問をしていく。

『成長の早さは、ふつうの人間とまったく同じなんですよね？』

『ええ、まったく同じです。五年経《た》てば五歳《さい》に、十年経てば十歳に、二十年経てば成人になります』

『本人に、ロボットだという自覚はない、と聞いていますが』

『おっしゃるとおりです。認識はありますが、自覚はありません』

『カタログでも読みましたが、どうもそのちがいがよくわからなくて……』

『要《よう》するに、ふだんは忘《わす》れているんです。自分のことを人間だと思って、生活しています。ただし、自《みずか》らをロボットだと知っていなければ対処《たいしょ》できないようななにかが起きた場合にかぎり、自動的に事実を思いだすよう設定されているのです』

『なるほど……なにかしら問題が起きないかぎり、この子は一生、わたしの娘《むすめ》として生きていくことができるというわけですね』

『そういうことです。万が一、自分がロボットだということを思いだしたとしても、問題が解決されれば、また自動的に記憶《きおく》は書《か》き換《か》えられますから』

『書き換え……だったら、安心かな……』

『まあ、このタイプのロボットは特にあつかいがむずかしいということはありませんから、安心してお買いもとめになってだいじょうぶだと思いますよ』

ママは、納得《なっとく》したようだった。

配送の手配をお願いします、と言うママの声が、はずんでいる。

いいお買いものができてよかった、というように。

□

またひとつあくびをしてしまったわたしに、まるちゃんが笑いながら言う。

「電車とかバスとかで居眠《いねむ》りしたあとって、なんでこんな眠いんだろうな」

まるちゃんもさっきから、あくびをくりかえしている。

「それにしても、すごい人だなあ」

人でごったがえしているホームを見まわしているまるちゃんにつられて、わたしもあたりに視線をさまよわせた。

わたしとまるちゃんはいま、新宿《しんじゅく》に向かっている。まるちゃんのいとこの人の下宿《げしゅく》先《さき》が、北新宿というところにあるからだ。

都庁《とちょう》の近くまでいったら、連絡《れんらく》を入れることになっている。

わたしとまるちゃんは、電車を乗り継《の》ぎ乗り継《つ》ぎしてようやくたどりついた東京駅から、さらにもう一本電車を乗り継いで、新宿《しんじゅく》駅に降りたった。

「ともくんって、なんかへらへらっとした人だから、そんな気ぃ使わないで平気だと思う」

ホームからエスカレーターで地上に向かう途中《とちゅう》、ふと思いだしたようにまるちゃんが、すぐうしろにいたわたしをふりむいて言った。

ともくん、というのは、まるちゃんのいとこの人のことだ。

電車の中で、わたしが〈いっちゃんさん〉のことを話したから、気を使ってそんなことを言ってくれたのかな、と思う。

話した、と言っても、去年の秋からママがうちにつれてくるようになった人がいて、その人のことを自分は好きでもきらいでもないけれど、よく知らない人といっしょにいるのはちょっとしんどい、くらいにしか、話していない。

まるちゃんはどうも、〈いっちゃんさん〉のことを男の人だと思ったようだった。

『キモいの？　その人』なんて言っていたから。〈いっちゃんさん〉が女の人だってことを隠《かく》すつもりはなかったけれど、わたしが自分のことを勝手にだれかに話されるのがいやなように、ママのことをわたしが勝手にだれかに話すのも、なんとなくいやだと思った。だから、『キモくないよ』とだけ答えた。

まるちゃんはきっと、知らない男の人のことでたづはしんどい思いをしている、と思っているからこそ、自分のいとこはだいじょうぶだから、と安心させようとしてくれているのだと思う。

「ともくんさんとは、仲よしなの？」

わたしがそうたずねると、まるちゃんは、ともくんさんって、と笑った。

「まあ、親戚《しんせき》の集まりとかで顔を合わせれば、いちばんよくしゃべるし、唯一《ゆいいつ》、スマホの番号もメアドも知ってるし、仲《なか》いいっちゃあ仲いいのかな」

「何歳《なんさい》？」

「二十一」

「六歳も年上なんだ」

「あんまそんな感じはしないけどなあ」

改札を抜《ぬ》けるとすぐに、まるちゃんは〈ともくんさん〉にメールをした。

すぐに返事があって、わたしたちは京王百貨店の正面入り口で、〈ともくんさん〉を待つことになった。

ふたりでならんで立っていると、通りすがりの主婦っぽい女の人ふたりが、わたしたちのほうをじーっと見ながら、こそこそと顔を寄せてなにかを言いあっているのに気がついた。

なんだろう、いやな感じ、と思っていたら、同じようにわたしたちの前を通りすぎていく途中《とちゅう》だったおばあちゃんが、ちらりとわたしたちのほうに視線を投げて、驚《おどろ》いたような表情をしたのに気づく。

その瞬間《しゅんかん》、あっ、と思った。

わたしたち、じゃない。

わたしだ。

あの主婦っぽい女の人たちも、おばあちゃんも、わたしを見て、こそこそ話したり、驚いた顔をしたんだ。

「まるちゃん……」

「うん？」

おそるおそる、まるちゃんにきいてみた。

「わたし、あの子ちょっとおかしくない？　って思われるくらい痩《や》せてるの？」

めずらしくまるちゃんが、ちょっと返事にこまったように口ごもる。

「あー……うーん、まあ、そうだなあ、ふつうの痩せ方じゃないとは思うだろうな」

「そうなんだ……」

なんだか急に、お気に入りのファッションを身につけている自分が、みっともなく思えてきた。

せっかく東京にいくんだから、と張《は》りきってしまった自分が、ひどく恨《うら》めしい。

「あ、ともくんだ」

まるちゃんが急に、ぱっと顔を上げた。

いつのまに現れたのか、黒ぶち眼鏡をかけた青いパーカすがたの男の人が、わたしたちがならんで立っているすぐそばまでやってきていた。

「おー、はーちゃん。ひさしぶり」

まるちゃんにどことなく似た顔立ちのその男の人は、まずまるちゃんにそう声をかけて、それから、レンズ越《ご》しの視線をゆっくりとわたしに向けた。

「えっと……どうも、はじめまして。羽津実《はづみ》のいとこの、丸嶋友次《まるしまともつぐ》です」

まるちゃんのいとこの〈ともくんさん〉は、わたしを見ても驚《おどろ》いた顔はしなかった。ごくふつうに、はじめましてのあいさつをしてくれた。

ふ、と肩《かた》の力が抜《ぬ》けたのがわかる。

「はじめまして、あの、鈴木多鶴《すずきたづる》といいます」

わたしと〈ともくんさん〉は、ぺこぺことおじぎをしあった。

「じゃあ、とりあえずうちにいくか」

まるちゃんと〈ともくんさん〉がならんで歩いて、わたしがそのすぐうしろを歩くかっこうになる。

わたしにはどっちになにがあるのかさっぱりわからないのだけれど、〈ともくんさん〉は迷いのない足取りで、人の多い歩道をずんずん進んでいった。

北新宿《きたしんじゅく》にある〈ともくんさん〉の下宿《げしゅく》までは、歩いて十五分ほどで着いた。

びっくりしたのは、その部屋のせまさだ。

八畳《じょう》ある、と〈ともくんさん〉は言ったけれど、とてもそんなにあるようには思えない。なにがそんなに部屋をせまくしているのかといえば、大量の本だった。本棚《ほんだな》に入りきらない本が、四方八方に山積《やまづ》みにされている。

種類はいろいろ。雑誌《ざっし》が多いようだったけれど、わたしがふだん、書店やコンビニの雑誌売り場で目にするような表紙のものはほとんど見当たらなかった。

黒ぶち眼鏡のまん中を人差《ひとさ》し指で押《お》さえながら、〈ともくんさん〉がわたしたちのために、薄《うす》いクッションをふたつ、傷だらけのフローリングの床《ゆか》の上に置いてくれる。

シングルサイズのベッドと、組み立て式の本棚のあいだにはさまれながら、わたしたちは小さく輪になった。

「で、はーちゃんはロボットのことが知りたいんだっけ」

わたしたちはそれぞれ、下宿《げしゅく》の前の自動販売機《はんばいき》でペットボトルの飲みものを買ってきていた。さっそくそれを飲んでいたまるちゃんが、口もとを手の甲《こう》でぬぐいながら、うん、とうなずく。

「ロボットってさあ、いまはまだ、人間そっくりなのって作れないんだよね？」

「うん？　どういう意味？」

「だから、見た目、人そっくりで、言われなければロボットだってわかんないようなやつ。そういうのはまだ、いまの技術じゃ無理ってことになってるよねって意味」

「あー、うん、まあ、そうね。見た目が人そっくりっていうんだったら、それっぽいのも作られてはいるけど、近くで見れば絶対に人間じゃないってわかっちゃうし、動きは完全に、人外《じんがい》だね」

「ジンガイってなに？」

「人の外って書いて人外。人じゃないってこと」

「ああ、その人外か」

わたしはまるちゃんと〈ともくんさん〉の会話を、生まれてはじめて訪れた〈家族といっしょに暮らしていない人〉の家をくまなく観察しながら、聞いていた。

まるちゃんが、わたしの顔を見ながら、「だってさ」と言う。

「人間そっくりなロボットは、まだ作られてないって」

「うん……」

だったら、わたしはどこからやってきたのだろう。

まさか、未来から？

それとも、地球じゃないどこかからやってきた？

わからない。

わたしには、自分がロボットだという以外のことは、なんにもわかっていない。

「でさ、はーちゃんはなんでいきなり、ロボットのことが気になりだしたわけ？」

ペットボトルを口もとに運びながら、〈ともくんさん〉がまるちゃんにそうたずねた。

「あー……うん。まあ、それはいいじゃん」

「よくないでしょー。気になるじゃん」

あ、そうか、と思った。

その理由は、わたしが話さなくちゃいけないんだ、と。

まるちゃんはきっと、わたしから話さないかぎり、わたしがロボットだということをだれかに勝手に話してしまったりはしないはずだった。

「あの、ともくんさん」

「え？　あ、はい。っていうか、その、ともくんさんって長いから、ともくんか、ともさんか、どっちかでいいよ」

「あ、すみません。えっと、じゃあ、ともさんで」

「はいはい、じゃあ、ともさんで。はーちゃんは鈴木《すずき》さんのこと、たづ呼びなんだよね。だったらオレも、たづちん呼びしとこうか」

そうしてわたしの中で〈ともくんさん〉はともさんになって、そして、ともさんの中でわたしは、たづちんになった。

どうしてたづちゃんではなく、たづちんなのかは、よくわからなかった。

「あ、で?」

ともさんのほうから話をもとにもどしてくれたので、わたしも余計《よけい》な前置きなんかはしないことにした。

「わたし、ロボットなんです」

「あ、そうなんだ」

「はい」

「……え、マジで?」

「はい」

ともさんは、黒ぶち眼鏡のまん中を人差《ひとさ》し指で持ちあげるのが癖《くせ》のようだった。

ちょっとだけずり落ちかけていた眼鏡の位置をそうやってもとにもどしながら、わたしの顔をじーっと見つめている。

「だとしたら、たづちん、相当《そうとう》なできだねえ」

「相当なできですか」

「相当だよ、相当。不気味《ぶきみ》の谷もまったく感じないし」

「不気味《ぶきみ》の谷……ってなんですか？」

「えっとね、ものすごく人間に近いんだけど、でも、これちょっとちがうよね？　みたいなものに対して抱《いだ》く、生理的《せいりてき》に気持ち悪い違和感《いわかん》みたいなことをそう言うんだって」

「はじめて聞きました」

「オレもネットニュースで目にしただけで、くわしく知ってるわけじゃないんだけどね。でもまあ、正直《しょうじき》、ノーベル賞どころの騒《さわ》ぎじゃないでしょう。たづちんを作った人の功績《こうせき》は」

ノーベル賞、マジで！　と、まるちゃんがとなりで驚《おどろ》いている。それに反応して、ともさんが、いやいやいや、と大げさなくらい首を横にふった。

「どころじゃないって話。ノーベル賞すっとばして、なんだろ、それより上の賞ってないのか……まあ、とりあえず、存命中《ぞんめいちゅう》の全開発者たちがぶっとぶのはまちがいないよね」

ともさんは、わたしの顔をじーっと見つめたまま、フローリングの床《ゆか》の上を這《は》うようにして、わたしのほうに近づいてきた。

「ちょっとだけさわってもいい？」

「あ、はい。どうぞ」

「どこならいい？」

「どこでも。ともさんのさわりたいところで」

「あ、こらこら、たづちん、オレだからいいけど、ロリコン野郎《やろう》の前ではそういうこと言っちゃだめだぞー」

そう言いながらともさんは、わたしの右手を両手で包みこむようにしてさわってきた。

しばらく無言で感触《かんしょく》をたしかめたあと、ありがとね、と言って、ともさんはわたしから離《はな》れていった。

「……ともくんさあ、なんでもいいから心当たりない？」

「心当たり？」

「たづみたいな人間そっくりなロボット作れそうな人」

「だからー、さっきも言ったじゃん。そんな人いたら、世界中が大騒《おおさわ》ぎだって」

「でもさ、見つけなくちゃなんだよ」

「たづちんを作った人を？」

「そう。ともくんも、見てわかるだろ？　たづがちょっとやばい感じになってんの」

ともさんの視線が、ちらりとわたしにもどってきて、すぐにまたそれていく。

「もしかして……とは思ってたけど、食べられない、とか？」

「たづはさ、卒業式のちょっと前に自分がロボットだったってことに気がついたらしいんだけど、そこからほとんどまともに食ってないんだよ」

「マジかー」

「マジだよ」

「ヤバいじゃん」

「ヤバいんだよ。だから、わざわざ東京まできたんじゃん。なんか手がかりないかなーと思って」

ともさんが、胸の前で腕組《うでぐ》みをした。

「なるほど、そういうことかー。たづちんは、食べないと痩《や》せちゃうっていうところまで人間そっくりに作られてるわけね。うーん、そりゃ、さし迫《せま》ってますなあ」

ともさんは、腕組《うでぐ》みをしたまましばらく考えこんだあと、とりあえず、と言って、いきなり立ちあがった。

「ロボット工学を専攻《せんこう》してるやつがいるって話したじゃん？　そいつのとこ、いってみる？　趣味《しゅみ》でやってるやつだけど、新しいロボット、作りはじめてるはずだから」

わたしとまるちゃんはおたがいの顔を見て、こくこく、とうなずきあった。

結果的に言うと、バスで三十分以上かけていったともさんのお友だちのおうちに、わたしたちは十分もいなかった。

ともさんのお友だちは、ともさん以上によくしゃべる人で、ともさんのおうちよりもちょっとだけ広い部屋の中にわたしたちを招きいれるなり、次から次へと質問を浴《あ》びせてきたのだ。

わたしの中で、ロボット工学のような専門的な勉強をしている男の人は、ちょっとオタクっぽいのかな、というイメージがあったのだけど、ともさんのお友だちには、オタクっぽさはまったくなかった。

それどころか、服装《ふくそう》はもちろん、話し方も話題もしぐさも、東京のおしゃれな大学生、という感じの人だった。

そして、どうしてそんなことばかりきくんだろう、と思うようなことを、切れ目なくわたしとまるちゃんにききつづけたのだった。

ふたりはつきあってるの？　つきあってないの？　つきあってないならどうしてふたりで東京にきたの？　はーちゃんはたづちゃんのこと好きなんでしょ？　ちがうの？　だったらどうしてたづちゃんにかまうの？　本当は好きなんでしょ？　なんで隠《かく》すの？　正直《しょうじき》に言わないと、いつまで経《た》ってもつきあえないんじゃない？

最後には、耳をふさぎたくなってしまった。

ともさんも、こらこら、いいかげんにしときなさい、などと言って、さりげなく話題を変えようとしてくれたのだけど、ともさんのお友だちは、どうしてもわたしとまるちゃんの関係につっこみを入れずにはいられないようだった。

まるちゃんは、ともさんのお友だちだからだと思うのだけれど、ずいぶん我慢《がまん》して、のらりくらりとその質問の数々をかわしていた。

見かねたともさんが、このあとまだいくとこあるから、そろそろいくわー、と言って腰《こし》を上げてくれたので、それ以上はもう、その人の興味本位《きょうみほんい》な質問を耳にしないで済《す》んだ。

「ごめんな、はーちゃん、たづちん。悪いやつじゃないんだけど、ちょっと人を見るとこがあるんだよね、あいつ」

自分よりも上か、下か。年齢《ねんれい》だったり、立場だったり、人気だったり、学歴《がくれき》だったり。そういうものを基準《きじゅん》に相手を見て、自分よりも下だと判断すれば、ちょっとくらいなら馬鹿《ばか》にしたり軽《かろ》んじたりしてもまあいいだろう、という態度になるところがある——。

帰りのバスの中で、ともさんは自分のお友だちのことを、そんなふうに説明した。

まあ、ようはまだ子どもなんだよ、とも。

まるちゃんは、ともくんが悪いわけじゃないから、ともくんがあやまることはないけどさー、と言いながらも、あからさまに不機嫌《ふきげん》そうな顔はしていた。

きっとまるちゃんなりに、言いたいことを我慢《がまん》していたんだと思う。

いつものまるちゃんなら、絶対になにか言いかえしていただろうな、と思いながら、わたしはまるちゃんの横顔を、ななめうしろから見つめていた。

まるちゃんとともさんがならんで座っていて、わたしはそのすぐうしろのふたりがけの席にひとりで座っている。

ふたりでいるとわたしとまるちゃんはとなりにならぶのに、三人でいるとまるちゃんとともさんが自然とならんで、わたしがひとりになるのが、なんだかおもしろかった。

血のつながりがある人同士なんだな、と思ったりした。

「どうしよっか、これから。あいつんとこで、ロボットのパーツやらなにやら見せてもらうつもりだったんだけど……うーん、うちの大学いってもいいけど、いま、春休みだしなあ」

ひとりごとのようにぶつぶつ言っているともさんに、なんかさあ、と、まるちゃんが話しかけた。

「うん？」

「つきあうとかつきあわないとか、そういうのって、すげー平和なときじゃないと、頭の中に場所ないって思わない？」

「場所？　あー……まあ、そうかもねえ……っていうことは、つまり、はーちゃんはいま、平和じゃないってことか」

「平和じゃないっていうか、うちの中はとりあえず落ちついたけど、オレの頭の中は、まだそんなに平和な感じではないよね、とりあえず」

「いまのこの状況《じょうきょう》で、恋愛《れんあい》なんかに興味《きょうみ》持てるかっつーのって感じなわけだ、はーちゃんは」

「まあ、そんな感じ」

ふたりの会話を聞きながら、わたしは窓の向こうの眺《なが》めに目をやった。

まるちゃんもともさんもこっちを見ていないのに、わたしは、うん、と小さくうなずく。

だって、まるちゃんの言うとおりだ。

それどころじゃない。

わたしは自分が死なないために、食べられるようになることで頭がいっぱいだ。ともさんのお友だちにとっては、春休み中にふたりだけで遠出する男女は、つきあってないはずがないってことになるみたいだったけど。

きっとあの人は、いい意味でふつうの中学生だったんだろうな、と思う。

食べたいのに食べられなかったことなんてなかったんだろうし、本当はロボットなのに、それを知っているはずの母親にそれを認めてもらえない、なんて経験もしたことはないんだろうな……。

車窓の向こうには、はじめて目にする風景が、ゆっくりと流れている。

どこを見てもビルやマンションばかりが建ちならんでいて、その合間《あいま》合間に現れるコンビニの数もびっくりするくらい多くて、まるきり映画やドラマの背景のようだ、と思ったりする。

まるちゃんがいきなり、くるっとうしろを向いて、「なあ、たづ!」と言った。

「たづもそう思うだろ？」

ともさんも、肩越《かたご》しにわたしの顔を見ている。

急に自分に話がふられてきて、一瞬《いっしゅん》、え、あ、と口ごもってしまったけれど、ごまかすようなことでもなかったので、ひと呼吸おいて、こくん、とうなずいた。

「わたしもいつも置《お》き去《ざ》りだったよ。女子は男子よりもさらに、つきあうつきあわないの話が多いから」

「あー、なるほどね。たしかにそうだよな。女子のほうが、ぎゃーぎゃー言うよな」

わたしは、窓の向こうに視線をもどしながら、ぽつりと言った。

「それどころじゃないよね……」

まるちゃんは、背もたれに引っかけたひじにあごをちょこんと乗っけながら、わたしと同じように窓の向こうに目をやった。

「ホント、それどころじゃねえよな」

うれしいような、悲しいような気持ちが、霧《きり》みたいな小雨《こさめ》になって、胸の中にふり注ぎだす。静かに、ゆっくりと、わたしは理解をしていく。わたしとまるちゃんの関係を。

そっか。

わたしとまるちゃんは、それどころじゃない者同士だったんだ……。

そんなわたしとまるちゃんが、いまはいっしょに東京にいる。

わたしとまるちゃんが、いまこうして東京にいることを知っているのは、わたしとまるちゃんと、そして、ともさんだけなのだ。

「まるちゃん」

「うん？」

「なんか、楽しいね」

「え、そうか？」

「うん、すごく楽しい」

「だったら、よかった。なんかオレ、いきおいだけでつれてきちゃったけど、ホントによかったのかなってちょっと思いはじめてたとこだったから」

いきおいだけで。

本当に、まるちゃんの言うとおりだ、と思った。

病院にもいかないで、ママに相談もしないで勝手に東京まできちゃうなんて、こんな大胆《だいたん》なことをしたのは、生まれてはじめてだった。

そう。きょうのわたしはすごく大胆だ。したいことをしている。〈少女型ロボットの鈴木多鶴《すずきたづる》〉に、こんな大胆《だいたん》なことができるなんて、思ってもみなかった。

「……つれてきてくれてありがとう、まるちゃん」

まるちゃんは、ひじにあごを乗せたまま、目線だけをぱっと上げた。なにも言わずにわたしの顔をじいっと見ているので、なあに、と目でたずねてみる。

まるちゃんは、わたしの顔をじいっと見つめたまま、ぼそっと言った。

「泣いてるのかと思った」

「泣いてないよ」

「うん、泣いてなかった」

まるちゃんは、窓の向こうに視線をもどした。

窓の向こうには、まるちゃんといっしょに東京にこなければ見ることのなかった風景がある。
ゆっくりと、流れつづけている。

3

「あ、すみません」

すぐ後ろにいたサラリーマンの男の人の体に、背中がぶつかってしまった。

目の前には、やっぱりスーツすがたの男の人がいる。体をちぢめていないと、すぐに体のどこかがだれかのどこかにぶつかってしまう距離《きょり》だ。

新宿《しんじゅく》から大宮《おおみや》まで乗《の》り換《か》えなしでいける電車の中は、ちょうど帰宅ラッシュの時間帯ということもあって、ひどく混みあっていた。

まるちゃんはいない。ともさんも、いない。わたしひとりだ。

わたしはいま、大宮にあるママの実家に向かっている。ママとはあんまり仲《なか》のよくないママのお母さんが、いまもひとりで暮らしている家だ。

わたしにとってはたったひとりのおばあちゃんなのだけど、わたしは大宮《おおみや》のおばあちゃんのところに、一度しか遊びにいったことがなかった。それも幼稚園《ようちえん》のころだったから、実は顔もちゃんと覚えていない。

そんなおばあちゃんのところに、どうして向かっているのかというと、わたしが新《しん》宿《じゅく》駅で泣きだしてしまったからだった。

ともさんのお友だちのうちから帰るバスの中で、そろそろ東京駅に向かわないとまずい、とまるちゃんが気がついて、わたしたちはともさんのおうちにはもどらず、そのまま新宿駅へ直行することになった。

新宿駅が近づくにつれ、わたしはひどく憂鬱《ゆううつ》な気分になっていくのを感じていた。

帰りたくない。

どんどん頭の中がその思いだけでいっぱいになっていって、東京駅ゆきの電車を待つホームに立ったとき、とうとう涙《なみだ》になってあふれだしてしまったのだ。

言葉もなく泣きじゃくるわたしに、まるちゃんもともさんも、ひどくおろおろしていたように思う。

当然だ。ついさっきまで、楽しいと言っていたわたしが、しくしくと泣きだしてしまったのだから。

ふたりは根気《こんき》よく、わたしが泣きやむのを待ってくれて、それからようやくわたしは、帰りたくないのだと伝えることができた。

ともさんは、だったらうちに泊《と》まっていけばいい、と言ってくれた。三人なら、なんとか寝《ね》られるから、と。

まるちゃんは、どうすればいいのかわからないようだった。

まるちゃん自身は、いとこのともさんの家に一泊《ぱく》することにはなんの問題もないのだけれど、女子のたづをいっしょに泊めてしまうのはまずいような気がする、ということらしかった。

ふたりをこまらせてしまっている。泣きやまなくちゃ。そう思えば思うほど、涙《なみだ》は止まらなかった。

ママからのメールが入ったのは、そんなときだった。

【病院、どうでしたか？　帰ったら、先生と話したこと、ちゃんとママにも教えてね。きょうは九時半ごろには帰れそうです】


メールに目を通したとたん、涙《なみだ》は止まった。

帰りたくなくたって、帰らなくちゃいけないんだ。

まるで夢から覚めたように、はっきりとそう思ったからだと思う。

いままでだって、そうしてきた。

ママがお仕事の都合《つごう》で帰ってくるのが遅《おそ》くなる夜。ひとりでいるのがたまらなくいやだった。それでも、ひとりでいるしかなかった。

ママにとっては親しい人でも、わたしにとっては赤の他人の〈いっちゃんさん〉に、わたしのことを知られることにすごく抵抗《ていこう》があった。いやでいやでしょうがなかった。

それでも、我慢《がまん》しているしかなかった。

それが、わたしの役割。〈少女型ロボットの鈴木多鶴《すずきたづる》〉が、しなくちゃいけないたったひとつのことだった。

だから、いまのこの、帰りたくない、という気持ちだって、ないことにしてしまわなければいけない。

わたしになら、できるはずだ。

ロボットなんだから。

わたしはすぐに、ママに返信を打とうとした。それをやめさせたのは、まるちゃんだった。

『いいよ、たづ。やっぱともくんのとこ泊《と》まっていこう』

『でも』

『だいじょうぶ。オレ、いっしょに怒《おこ》られるから。正直《しょうじき》に、たづのお母さんに言っちゃおう。いま、東京にきてるって』

『それで……ともさんのおうちに泊めてもらう?』

『そう』

どうしてまるちゃんが急にそんなふうに言いだしたのかといえば、それはきっと、まるちゃんにはわかってしまったからなのだと思う。

どうしても、どうしてもいまは帰りたくない、というわたしの気持ちが。

結局、わたしはママに、こんなふうに返信を打った。


【いま、お友だちと東京にきています。お友だちのいとこの人の家に泊《と》めてもらうことになりました。あしたには帰るので、心配しないでください。病院には、あしたからちゃんといきます】


ママからの返信はなかった。かわりに、電話がかかってきた。

『多鶴《たづる》？ ねえ、ちょっと、なに勝手なことしてるの！ ママ、東京に遊びにいくなんて聞いてないよね？ 病院にもいかないで、どうして勝手にそんなことするのよ！』

一方的にまくしたててくるママに、わたしは、なにも答えることができなかった。

ようやく止まった涙《なみだ》がまた、とめどなく流れてくるばかりになってしまう。

ケータイを耳に押《お》しあてたまま、またしくしくと泣きだしたわたしから、まるちゃんがひったくるようにしてケータイを奪《うば》っていった。

『もしもし、オレ、丸嶋《まるしま》です。あ、はい、前にお会いした……えっと、すみません、オレがつれてきたんです。多鶴《たづる》さん、元気なかったんで、なにか楽しいことさせてあげたいなって思って……はい、あ、はい、そうです、すみません、勝手なことをしたのはあやまります……いえ、そういうつもりはなかったんですけど……はい、それは……いえ……はい』

まるちゃんは、ひたすらママにあやまっているようだった。

それを聞いているだけで、また涙《なみだ》が出てきてしまう。ともさんも、体のどこかが痛んでいるような顔をして、まるちゃんとママのやりとりに耳を澄《す》ましていた。

そのうち、まるちゃんは意を決したように、ママに言った。

『それで、あの、お願いがあるんですけど、きょうはこのまま、東京に住んでるオレのいとこの家に、多鶴さんもいっしょに泊《と》まっていったらだめですか?』

ケータイの向こうで、ママがどんな顔をしているのか想像がついた。

わたしのことを憎《にく》んでいるとしか思えない顔、だ。

『あの、多鶴さん、ちょっと疲《つか》れてしまっていて、無理してきょう帰るより……いえ、なにかあったとか、そういうわけじゃなく……はい、あ、そうです、いえ、そうではなくて……』

ママが一方的にまるちゃんを責《せ》めたてているのが手に取るようにわかってしまう。

もういいよ、まるちゃん、もういいから、とひそめた声で言いながら、わたしはまるちゃんからケータイを取りかえそうとしたのだけど、まるちゃんはなかなか返そうとはしてくれない。

まるちゃんはくりかえし、多鶴《たづる》さんは疲《つか》れているから、きょうはもう帰るのは難しいと思う、というようなことをママに説明して、なんとか宿泊許可《しゅくはくきょか》をもらおうとしてくれていた。

そのうち、まるちゃんの受け答えの様子が変わってきた。

『それでいいなら、それでもいいです……はい、オレはいとこのうちに泊まるんで……はい、もちろん、はい』

はい、と答える回数が、ぐんと増えてきた。そして、最後には、『じゃあ、多鶴さんに替《か》わります』と言って、まるちゃんはようやく、通話状態になったままのケータイをわたしに返してくれた。

『……もしもし？　ママ？』

『多鶴《たづる》？　あのね、とりあえず、きょうはおばあちゃんのおうちにいきなさい。大宮《おおみや》のおばあちゃん、覚えてるでしょ？　幼稚園《ようちえん》の年長さんのときいったよね。ママ、いまから連絡《れんらく》しておくから。おばあちゃんのうちに泊《と》まって。いい？　いくら丸嶋《まるしま》くんのいとこだからって、知らない男の人のうちはだめ。それは、わかるよね？』

『うん……』

『またあとでメールするから。そのまますちょっと待ってなさい』

そうしてわたしは、まるちゃんとともさんとは新宿《しんじゅく》駅で別れて、ひとりで大宮に向かうことになったのだった。

まるちゃんとは、あしたのお昼にまた合流して、いっしょに地元に帰ることになっている。

ともさんは、わたしをひとりで大宮までいかせるのが心配だったようで、まるちゃんといっしょに大宮まで送っていくと言ってくれたのだけど、それはさすがに申《もう》し訳《わけ》なかったので、遠慮《えんりょ》した。

ともさんとも、あしたのお昼にまた会えることになっていたので、お礼を言ったりするのは控《ひか》えて、大宮《おおみや》ゆきの電車のホームまで送ってもらったところで、手をふり合って別れた。

ともさんは、まるちゃんが言ったようにへらへらっとした人なのではなく、人との距離《きょり》を取るのがすごくじょうずな人なんだな、とわたしは思う。

まるちゃんはいとこで、年もほかの親戚《しんせき》の人たちほどには離《はな》れていなくて、そして、男同士だから、気安《きやす》い友だちみたいなノリで接《せっ》するのが、ちょうどいい距離。それをちゃんとわかっているから、まるちゃんにとってのともさんは、へらへらっとした人、なのだ、きっと。

ともさんは、ともさんのお友だちのことを、相手を見て自分の態度を決めるから、まだ子どもなのだと分析《ぶんせき》していたけれど、ともさんだって、相手のことはよく見ている。

ただ、ともさんは、自分のためではなく、相手のために相手を見ているところが、ともさんのお友だちとはちがっているんだと思う。

どういう距離《きょり》で接《せっ》したら、おたがいに気分よくいっしょにいられるか。それを判断するために、ともさんはまるちゃんのことも、そして、わたしのことも、よく見ている。

ともさんの距離感は、わたしにはとても心地《ここち》がよかった。つかず離れず、必要な分だけの関心と、必要な分だけの心配を与えてくれて、なにより、まるちゃんのいとこ、というポジションから、むやみに動こうとはしない。まるちゃんがともさんを慕《した》う気持ちは、よくわかるような気がした。

次の停車駅《ていしゃえき》を知らせるアナウンスが流れた。やっと大宮《おおみや》に着くようだ。

降《お》りそびれないようにしなくちゃ、とバッグのストラップをぎゅっと胸の前でにぎりなおしながら、ほとんど顔も覚えていないおばあちゃんのことを思った。

ママが会いたがらないから、わたしも会う機会のないママのお母さん。

向こうからも、電話がかかってきたり、手紙が届くようなことはなかったように思う。

どんな人なんだろう。やさしい人なのか、それとも、こわい人なのか。

電車が停《と》まる。

わたしは大きくひとつ深呼吸をしてから、会社帰りのおとなたちといっしょに大宮《おおみや》駅のホームへと吐《は》きだされていった。

4

タクシーで十分ほどの住宅街に、ママが生まれ育ったそのおうちはあった。

ママからメモするように言われた住所を運転手さんにそのまま伝えると、本当にちょうど十分で着いた。

小さな前庭のある、こぢんまりとした一軒家《いっけんや》。敷地《しきち》がせまいわけではないけれど、全体的に細長い印象だ。

インターフォンを押《お》す。応答はなく、かわりに、玄関《げんかん》のドアが開いた。薄暗《うすぐら》い前庭に、白い蛍光灯《けいこうとう》の明かりが、さーっと広がっていく。

「多鶴《たづる》ちゃん？」

たしかめるようにわたしの名前を呼んだその人は、真っ黒な髪《かみ》をおかっぱ風の髪型にした中年の女の人だった。

ちっともおばあちゃんじゃない、ということに、わたしはまず、衝撃《しょうげき》を受けていた。見た目が完全におばさんなのだ。おばあちゃん、と呼びかけることが申《もう》し訳《わけ》なくなるほどに。

「……多鶴《たづる》ちゃんよね？」

「あ、はい。多鶴です。いきなりきてしまって、すみません」

あわててぺこりと頭を下げた。

おばあちゃん――ママのお母さんは、さらに大きくドアを開いて、わたしを待っている。

急いで門を開けて、前庭を横切って玄関《げんかん》まで走っていった。

「あの、えっと、こ、こんばんは」

「混んでたでしょ、電車。座れなかったんじゃない？」

「あ、はい。混んでました」

まるで近所のおばさんと話しているようだ、と思う。

おぼろげな記憶《きおく》では、わたしが幼稚園《ようちえん》の年長さんだったときにも、こんな容姿《ようし》だったような気がする。ということは、実際の年齢《ねんれい》が若いわけではなく、若く見えているだけなのだろうか。

どちらにしてもわたしの中では、おばあちゃん、という呼び方が、すっかり違和感《いわかん》のあるものになってしまっていた。

なんて呼びかければいいのかわからないまま、わたしはママのお母さんの、カラフルな花柄《はながら》のカットソーの肩《かた》のあたりに視線をさまよわせている。

ママのお母さんは、さあどうぞ、というように体を半身《はんみ》にして、わたしを玄関《げんかん》の中に招きいれてくれた。

「ごはんは食べたの？」

「ごはんは……はい」

もちろん、食べていなかった。だけど、それは言わないことにする。なんとなく、ママのお母さんが戸惑《とまど》っているのを感じてしまったからだ。

突然《とつぜん》のわたしの来訪を、ママのお母さんはよろこんでいない。ただただ戸惑っている。

ほんの数分で、わたしはそれを感じとってしまったのだった。


幼稚園《ようちえん》の年長さんのときに一度きただけなので、廊下《ろうか》を歩いていても、リビングのソファに腰《こし》をおろしても、なつかしい、という感じはしない。

ママのお母さんは、わたしのために食事の準備をしてくれていたようで、リビングとつながっているキッチンの食卓《しょくたく》の上には、キッチンペーパーがかぶせられているお皿がいくつかのっていた。

「冷たいウーロン茶でいい？」

「あ、はい」

ママのお母さんがキッチンでカチャカチャと音を立てているあいだ、わたしはそっとリビングを見まわしていた。

まず目につくのが、パッチワークだ。いたるところに飾《かざ》られている。きっとママのお母さんが作ったものなんだろうな、と思う。

あとは、インテリアの雑誌《ざっし》やムック本がたくさん入った本棚《ほんだな》。テレビの横には、小さなガラスの置物が、パッチワークの敷物《しきもの》の上にのせてならべられている。

もちろん、わたしが座っているソファにも、大きなパッチワークのカバーがかけてあった。

「はい、どうぞ」

年期《ねんき》の入った大理石《だいりせき》のローテーブルの上に、ストローのささったウーロン茶が置かれた。

「ありがとうございます」

てっきりママのお母さんもいっしょに座るものだと思っていたら、ママのお母さんは、「お風呂《ふろ》の用意してくるからね」と言って、そのままリビングを出ていってしまった。

ストローを動かして、氷をカランと鳴らす。

こなければよかった、と思う。

こんなに歓迎《かんげい》されないなんて、思ってもみなかった。ひさしぶりに会うのだから、少しくらいはぎこちなくなるのかもしれない、とは思っていたけれど、こんなよそよそしい態度を目《ま》の当《あ》たりにするなんて……。

ストローに口をつけて、吸いあげようとした瞬間《しゅんかん》、おなかの少し上あたりが、じゅくっとなった。

あわててストローから口を離《はな》す。

においだ。ウーロン茶のにおいに、いつもの場所が反応したのだと気づく。

いままでは、ちょっと気になるな、と思うことはあっても、飲みもののにおいにまで反応したことはなかった。

どうしよう。

とうとう水分まで取れなくなってしまうのかと思ったら、たまらなく不安になった。

じゅくっとなったあたりを手のひらで押《お》さえるようにしながら、背中を丸める。そうしていると、少しだけ楽になるからだ。

ああ、そうだ、まるちゃんに、無事に着いたよってメールしなくちゃ、とバッグの中に手を入れたところで、ぶるる、とケータイが震《ふる》えだした。

液晶《えきしょう》画面には、ママ、の文字。

メールではなく、着信だった。

「もしもし」

「多鶴《たづる》？　着いた？」

「うん。ついさっき」

「そう。ちゃんと挨拶《あいさつ》できた？」

「うん」

「多鶴の病気のことは、話しておいたから。多鶴はなにも説明しなくていいよ。無理に食べさせないでって言ってあるし」

あっ、と思った。

たしかにママのお母さんは、通りすがりの人ですらじろじろ見たわたしのすがたに、驚《おどろ》いた顔ひとつ見せなかった。あれは、ママが先にわたしのことを、摂食障害《せっしょくしょうがい》にかかって痩《や》せてしまっているから、と話しておいたからなんだ、といまになって気がつく。

ママのお母さんは、わたしのことを病気の子だと思っているのだ。だから、あんなによそよそしい態度なのかもしれなかった。

なるべく当たりさわりのないように。余計《よけい》なことは言わないように。あした、わたしが帰ってしまうまでのあいだ、なにも問題が起こらないように。ママのお母さんは、ただそれだけを優先《ゆうせん》しているようだった。

もしママのお母さんがなにも知らないままだったら、ひさしぶりに会ったわたしになんて声をかけてくれたのかな……。

それを知ることは、もうできない。

ママが、その機会を奪《うば》ってしまった。

「多鶴《たづる》？　もしもし？　聞こえてるの？」

「……うん」

「聞こえてるなら、返事しなさい」

「うん……」

ママはまだ、なにか話しているようだった。それなのに、わたしにはもうなにも聞こえてこない。ああ、とうとう耳までおかしくなってしまったのかな、と思う。

最後にはやっぱりちょっと怒《おこ》った口調で、「じゃあね、もう切るよ！」と言って、ママは電話を切った。

なんだか全身の力が抜《ぬ》けてしまって、ケータイをにぎったまままわたしはだらりとソファの背もたれに沈《しず》みこんだ。

「お母さんからだったの？」

ふいにママのお母さんの声が聞こえてきて、はっとなる。

ママのお母さんは、いつのまにかリビングにもどってきていた。テレビのリモコンを手に、わたしのそばまでやってくる。

「好きなの、観《み》てね」

そう言ってリモコンをテーブルの上に置くと、キッチンのほうへいってしまう。

ママのお母さんは、やっぱりわたしとはあまり話をしないようにしているようだった。多鶴《たづる》は病気なんだから余計《よけい》な話はしないで、とママから言われているのかもしれない。

キッチンに立って洗いものをはじめたみたいだ。水道の水がシンクを叩《たた》く音が聞こえてくる。

ママのお母さんは、わたしを病気だと思っている。それってつまり、わたしが本当はロボットだということを知らない、ということだ。

ママは、自分のお母さんにまで本当のことを隠《かく》している。

だったら、わたしもやっぱり、ママのお母さんに本当のことを打《う》ち明《あ》けるわけにはいかなかった。

本当は、言ってしまいたい。病気なんかじゃないんですって。

わたしはロボットで、誤作動《ごさどう》のせいでいまはなにも食べられなくなってしまっているだけなんですって。

だけど、言えない。

言えば、ママの秘密を勝手にしゃべってしまうことになるから。

それだけは、したくなかった。

わたしはただあしたの朝まで、おとなしく時間が経《た》つのを待っていればいい。

テレビの画面の中では、白いスーツを着た女の人がニュースを読みあげていた。どこかの国で大きな地震《じしん》があって、歴史的な建築物《けんちくぶつ》が崩壊《ほうかい》してしまったらしい。その瞬間《しゅんかん》の映像が流れていたけれど、一般《いっぱん》の人が撮影《さつえい》した動画のようで、画面がひどくぶれていた。建物の形もよく見えない。

わたしはそっと目を閉じて、石造《いしづく》りの古びたお城のような建物が、ゆっくりと倒《たお》れていく様子を思いうかべてみた。

砂塵《さじん》を巻きあげながら倒壊《とうかい》したその建物が、ほんの一瞬《いっしゅん》で瓦礫《がれき》の山へと変わる。

新しいニュース映像が映しだされても、わたしのまぶたの裏側には、いつまでもその光景が残りつづけた。

ママのお母さんは、むかしママが使っていた部屋にお布団《ふとん》を敷《し》いてくれた。

ママは大学を卒業するまで、実家で生活をしていたそうだ。

結局、ママのお母さんとは、そのくらいのことしか話をしていない。

ひとりになってすぐ、まるちゃんにメールをした。返信のかわりに、直接、電話がかかってきた。

まるちゃんは真っ先に、ごはんは？　ときいてきて、食べてない、とわたしが答えると、そっかー、とちょっとしょんぼりしたような声を出した。

「おばあちゃんちだったら、なんか食べられるかもって思ってたんだけど、だめだったか」

「なんかね、お母さんがもう、電話で言っちゃってたみたい。わたしが摂食障害《せっしょくしょうがい》だって。だから、無理に食べるように言わなかったのかもしれない」

まるちゃんのうしろで、ともさんがなにか言っているようだった。

まるちゃんは、わかってるって、とか、いま言うよ、とか言いながら、ともさんの横やりをやりすごしていたのだけど、急にせきばらいをしたかと思うと、声音をちょっと変えて、あのな、たづ、とわたしに言った。

「オレ、ともくんからロボットのことといろいろ教えてもらって、やっぱりいまの技術だと、たづみたいに人間そっくりなロボットは、どう考えても無理って思ったんだよ」

いままでふつうにできていた息が、急にできなくなったような気がして、どきっとなった。

やだよ、まるちゃん。

まるちゃんまで、わたしがおかしなことを言ってるって思ってしまうの？

息を詰《つ》めて、ケータイの向こうにいるまるちゃんの気配をさぐる。

まるちゃんは、少し緊張しているようだった。あらたまった声音のまま、でもさ、と言う。

「たづは、絶対に自分はロボットだって感じてるんだよな？」

どういう意味でそうきかれているのかわからないまま、うん、と答える。

まるちゃんは、だよな、とひとりで納得《なっとく》するようにつぶやいてから、一気にしゃべりだした。

「だったら、いまのたづはやっぱり、人間じゃなくてロボットなんだと思う。人間そっくりなロボットなんか存在するわけがない、とかそんなの関係なく、とにかく、たづはまた食べられるようになんなくちゃまずいわけじゃん？　だから、オレたちはもうさ、たづが自分のことを人間だと思いこんでたときにもどる方法だけを考えよう。とりあえず、むずかしいこと考えんのはなしにしてさ」

わたしが自分のことを人間だと思いこんでいたときにもどる方法。

それだけを、いまは考える――。

わたしは、ロボット。〈少女型ロボットの鈴木多鶴《すずきたづる》〉として、生きていかなくちゃいけない。その現実を受けいれた上で、いま、できること。いま、しなくちゃいけないこと。

まるちゃんは、考えてくれた。

わたしを死なせないために。

このまま食べられなければ、わたしはいつか死んでしまう。

そうならないために、わたしは人間として生きていたころにもどる方法を見つけなくちゃいけない。

「まるちゃん……わたしね、小さいころからずっと避《さ》けてたことがあるの」

ケータイ越《ご》しのまるちゃんの息づかいを感じながら、わたしはそっと、心の奥《おく》の奥のほうにしまっておいた秘密の小箱に手を伸《の》ばす。

開けるならいまだ、と思った。

いま開けなければ、わたしはこの先もずっと、この小箱を開くことができない。

「むかしは自分のこと人間だって思いこんでたから、当然、わたしにもお父さんがいるはずだって思ってた。どうしていっしょに暮らしてないのかなって。でも、そのことをお母さんにきいてみたことはなかったの。きいちゃいけないことだって、なんとなくわかってたから。でも……知らないままでいちゃいけないのかもって、いま、思ったよ。自分のことを人間だと思ってたころにもどるためには、わたしはちゃんと、自分自身のことを知らなくちゃいけないのかもしれないって」

まるちゃんは、うん、うん、とうなずきながら聞いてくれていた。

「だから、あしたの朝、お母さんのお母さんにきいてみるね。うちのお母さんは、自分のお母さんにわたしのことをロボットだって教えてないみたいだから、きっと、ふつうに妊娠《にんしん》してわたしを産んだことにしてるんだと思うの。その話を、お母さんのお母さんにきいてみる」

いまのいままで、考えてもいなかったことだった。まるちゃんが、いましなくちゃいけないことはなにかを教えてくれたから、思いついたことだ。

わたしは、人間だと思いこんでたころにもどらなくちゃいけない。

生きていくために。

そのために、知ろう。

いままでずっと目をそむけて見ないようにしていたことを。耳をふさいで聞かないようにしていたことを。

「ともくんが、ちょっと替《か》わって、だって」

まるちゃんが急にそう言って、わたしが返事をする前に、ケータイから聞こえてくる声がともさんの声に変わった。

「たづちゃん？　あ、オレだけど」

「あ、はい。こんばんは、ともさん」

「うん……えっとね、あした、オレとはーちゃん、大宮《おおみや》までたづちんのこと迎えにいこうと思ってるんだけど」

「え、でも……」

「オレもはーちゃんも、電車乗るのきらいじゃないから。っていうか、いっそ好きだから。ぶらぶらしがてら、そっちまでいくよ」

ともさんは、ついさっきのまるちゃんのように、やっぱりわたしの返事は聞かないで、まるちゃんにケータイをもどしてしまった。

「じゃあ、そろそろ切るな。あした、十時に大宮駅でいい？」

「うん、だいじょうぶ」

「駅、着いたらまた電話する」

「わかった」

「じゃあ、またあしたな」

「うん、おやすみなさい」

「おお、女子はおやすみなさいっつって電話切んのか。そんじゃ、まあ……うん、おやすみ」

まるちゃんはやたらと、おやすみなさい、に照《て》れていて、なんだかすごく男子っぽかった。

お布団《ふとん》に入ってからも、やたらと照れた話し方になっていたまるちゃんのことを思い出して、くすくす笑ったりする。

ママのお母さんが敷《し》いてくれたお布団は、わたしが知っているどのお布団ともちがうにおいがしたけれど、ついさっきまでまるちゃんの声が聞こえていたケータイをぎゅっとにぎりなおすたびに、だいじょうぶ、この夜がずっとつづくわけじゃないんだから、と思うことができた。

くりかえし、まるちゃんの、おやすみ、を思いだしながら、眠《ねむ》った。

□

痛い！　と思って目が覚めた。

猛烈《もうれつ》に背中が痛い。

びっくりして背中に手をやると、腰《こし》の少し上あたりに、ぼこっと皮膚《ひふ》が盛《も》りあがっている部分があった。

なんだろう、これ、と思っていたら、急にまわりがまぶしくなって、目も開けていられないような状態になった。

『やあ、ひさしぶりだな、TA―ZOO《ティーエーゼットオーオー》。元気にしていたか？』

光の中から、声が聞こえてくる。

男の人のような、女の人のような、歳《とし》をとった人のような、まだ子どものような。

そんな不思議な声だ。

『どなたですか？』

『覚えていないのか？　おお、そうか、きみには記憶調整装置《きおくちょうせいそうち》を取りつけてあるんだったな』

『記憶調整装置……』

『きみがわれの創作物《そうさくぶつ》であることを記憶したままだと、地球でのデータ収集に支障《ししょう》が出るかもしれないと思ってな。あとづけしたのだ』

『あの……どういうことなんですか？　わたしは、ロボットなんじゃや……』

『地球上での名称《めいしょう》はそうなるようだな。きみの記憶から、われの創作物《そうさくぶつ》だという情報を消去するよう調整してあるため、そのように思いこんでいるのだろう』

光の中から、光のかたまりのようなものが、ずるりと抜《ぬ》けだしてきた。

光のかたまりは、人の形をしている。まぶしいけれど、目を開けて見ていることはできるのが不思議だった。

『あとづけした記憶調整装置に、そろそろ寿命《じゅみょう》がくるころだと思って様子を見にきてみたのだが、きみはすでに、自分がふつうの人間ではない、ということに気がついているようだ。やはり、記憶調整装置《きおくちょうせいそうち》に寿命《じゅみょう》がきてしまったようだな』

人の形をした光のかたまりは、ゆらゆらしながらなにか考えこんでいるようだった。

『よし、この辺でいったん、きみを回収することとしよう』

『回収……わたしを、ですか？』

『きみはもうじゅうぶん、地球に関するデータを収集できているはずだからな』

『ま、待ってください。わたしは、ママがどこかで買ってきた〈少女型ロボットの鈴《すず》木多鶴《きたづる》〉です！　あなたのことなんて、わたし、知りません！』

『それは、われがそのように記憶《きおく》を調整したから、そのように思いこんでいるだけなのだぞ、TA－ZOO』

『うそです！　そんな話、信じません』

『うむ、こまったな。まさか、われが創作《そうさく》したものに、このように反抗《はんこう》されるとは』

風に吹《ふ》かれたように、人の形の光がさわさわとさざめく。

わたしは急に、こわくなった。

本当にこのまま、地球じゃないどこかからやってきたらしいこの人の形をした光のかたまりにつれ去られてしまうんじゃないか、という気がしたからだ。

『わたし、どこにもいきません！』

『しかし、きみの役目はわれのために地球のデータを収集することで……』

『知りません！　わたしはそんなこと、知りません！』

『仕方がない。では、記憶調整装置《きおくちょうせいそうち》を取りはずして、きみの記憶を初期設定の状態にもどすしかないな。十五年かけて収集したデータも消えてしまうことにはなるが、まあ、ほかにもわれわれの創作物《そうさくぶつ》はいろいろなところに潜伏《せんぷく》させている。ひとつぐらい無駄《むだ》になってもいいだろう』

人の腕の形をした光が、わたしの腰《こし》に向かってすーっと伸びてくる。

『待って、待ってください！　たった十五年なんかで、なにがわかるっていうんですか？　わたしはまだなにもわかっていません！　知らないことばかりです！』

『十五年もあれば、じゅうぶんではないのか？』

『わたしがいまいるこの世界は、そんなに簡単ではないと思います』

『ふむ、そうなのか？』

『少なくとも、たった十五年ですべてがわかるほど、わかりやすくはないはずです』

『そうか。ならば、もうしばらくきみを潜伏《せんぷく》させておくとするか。しかし、きみにとって、中途半端《ちゅうとはんぱ》にもどってしまっているその記憶はじゃまなだけだろう。新しい記憶調整装置《きおくちょうせいそうち》につけ直してあげようじゃないか』

わたしは、とっさに腰《こし》のうしろをかばった。

『だいじょうぶです！　わたし、このままでいいです』

『なぜだ？　自分は人間だと思いこんでいるほうが、楽にデータが収集できるぞ？』

『いいんです……わたしはもう、知っていなくちゃいけないことは、ちゃんと知っておくって決めたんです』

『きみがいいと言うのなら、まあ、われはかまわんが……』

人の形をした光のかたまりが、すーっとうしろに下がりはじめた。

『では、われは去ろう。TA－ZOO、きみはなかなかおもしろい変化をとげつつあるようだ』

最後にそう言うと、光のかたまりは、まぶしい光の中に溶《と》けていった。

とたんに目が開けていられなくなる。

あんまりまぶしくて、思わず両手で顔をおおってしまった。

まるで太陽をまともに見てしまったときのようだった。

□

ママはママのお母さんに、わたしのことをこんなふうに話していたらしい。

大学時代からずっとつきあっていた人とのあいだに子どもができたけれど、彼《かれ》には結婚《けっこん》する意志はなく、その気持ちを知って、自分自身の気持ちも冷めてしまった。

だから、ひとりで産んで、ひとりで育てていく。だれにも迷惑《めいわく》はかけないから、産むことを認めてほしい——。

ママのお母さんは、ずいぶん反対したそうだ。

反対した理由は、ママのお母さんも、ママを産んだとき、結婚《けっこん》をしていなかったから。

いろいろあってね、としかママのお母さんは教えてくれなかったけれど、独身《どくしん》のまま子どもを産んだママのお母さんは、しなくてもいい苦労を余分《よぶん》にしてしまった、と言っていた。だから、自分の娘《むすめ》には、ちゃんとした結婚をしてほしかった、とも。

だけど、ママのお母さんとママがあんまり仲《なか》がよくなかった理由は、わたしのこととは関係がないのだそうだ。

『性格《せいかく》が合わなかったのねえ』

ママのお母さんがそう言ったとき、わたしは心底《しんそこ》びっくりしてしまった。

親子なのに、性格が合わないなんてことがあるんだって。

しかも、それが理由で、仲がよくなくなってしまうことがあるなんてって。

『近づきすぎるとうまくいかないってわかってからは、あの子もわたしも、必要以上に干渉《かんしょう》し合わないようになった。それで、いまはうまくいってるのよ』

わたしは、ママとママのお母さんは、仲《なか》がよくないんだと思いこんでいた。

でも、それはちょっとちがっていて、仲が悪くならないために、おたがいに努力をしている最中だったのだということを、はじめて知った。

そういう親子の形もあるんだ……。

わたしは、すごくびっくりもしていたけれど、おもしろい小説を読みおえたときのような気持ちにもなっていた。

『だから、多鶴《たづる》ちゃんにもあまり干渉《かんしょう》しないようにしてきたんだけど、おばあちゃんは多鶴ちゃんのこと、きらったりなんかしてないからね？　それだけは、わかってね？』

ママのお母さんが、自分で自分のことをおばあちゃん、と言ってくれたことが、無《む》性《しょう》にうれしかった。

その瞬間《しゅんかん》、わたしの中で〈ママのお母さん〉は、〈わたしのおばあちゃん〉になった。

『はい、おばあちゃん』

だから、自分でも驚《おどろ》くほど素直《すなお》に、そう答えることができた。

とても、とてもうれしかった。

改札の向こうにいるまるちゃんとともさんがわたしを見つけたときの顔といったら、まるで、行方不明《ゆくえふめい》になっていたわたしを数年ぶりに発見したような、そんな感じだった。

きっとすごく心配してくれていたんだと思う。わたしが元気よく駆《か》けよっていくと、まるちゃんもともさんも、あからさまにほっとしたようだったから。

まるちゃんとともさんは、改札の中から出ることなく、いまきた道をまたもどる電車に乗ることを、ちっともいやだと思っていないようだった。本当に、電車に乗るのが苦《く》じゃないんだな、と思えて、わたしもちょっとほっとしてしまう。

電車に乗る前に、ともさんは駅の構内《こうない》で売っている駅弁《えきべん》を買って帰りたいと言いだした。大宮駅のことを検索《けんさく》していたら、エンガワ寿司《ずし》という駅弁《えきべん》がものすごくおいしい、という情報を見つけたのだという。

わたしたちは、キオスクで駅弁をふたつ買ってから、電車に乗った。ひとつはともさんの分だったけれど、もうひとつは、帰りの電車でふたりで食べる用だった。お昼はきっと電車の中だろうから、と。不意打《ふいう》ちで駅弁を手渡《てわた》されたまるちゃんは、しきりに遠慮《えんりょ》していたけれど、最後は素直《すなお》に受けとっていた。うれしそうな顔をしながら。

うれしそうな顔を見せていることに気づいていない、子どものようなあどけない横顔を、わたしはこっそり盗《ぬす》み見ていた。

ごはんの心配をしてもらえたのがうれしかったのかな、と思う。そんな当たり前のことに胸を震《ふる》わせたのかもしれないまるちゃんのことが、わたしはたまらなくかわいそうになってしまって、やさしくしたくてしょうがなくなった。

しあわせな気持ちの中に、ちくちくした痛みが混ざっているのがわかる。わたしは、はじめて気がついた。大切な人をかわいそうに思うのって、思う側のほうにすごく負《ふ》担《たん》がかかることなんだって。

ああ、こんな気持ちで、まるちゃんはいつもわたしに、やさしくしてくれてたんだ……。

ごめんね、まるちゃん。

こんな思いをさせてしまって――。

車内はすいていて、立っている人はほとんどいなかった。わたしたちも、ともさん、まるちゃん、わたしの順で、ならんで座ることができている。

他愛《たあい》のない話がつづいた。ともさんがぼそっとなにかおもしろいことを言うと、まるちゃんがそれにつっこんで、みんなで笑う。そんなことを、何度もくりかえした。

窓の向こうの景色に、ちょっとずつ高いビルが増えはじめたころ、わたしはようやく、ママの実家で聞いてきたわたしの出生《しゅっせい》に関する話をふたりにした。

ふたりは、うんうんとうなずきながらわたしの話を聞いていて、ときどき、わたしのほうをちらっと見ては、すぐにまた正面に向きなおったりしている。

朝ごはんのときにはなかなか話を切りだせなくて、帰りぎわ、玄関先《げんかんさき》でいきなり、ママから聞いているパパの話を教えてください、と言いだしたわたしの話を、真剣《しんけん》に聞いてくれたこと。最後の最後に、やっと、おばあちゃんって呼べたこと。

そんなことも、話した。

まるちゃんは、そうかそうか、よかったよかった、と何度も言った。

まるちゃんの、そうかそうか、はすごくやさしく聞こえる。話してよかったって、思わせてくれる。

わたしは、すん、と鼻から短く息を吸って、だからね、とまるちゃんのほうに顔を向けた。

「人間としてのわたしには、一応、お父さんにあたる人はいるみたい」

「そうかー、お父さん、ちゃんといたかー」

まるちゃんは、胸の前で組んでいた腕《うで》をほどきながら、そうかそうか、とくりかえしていたのだけど、うほん、とせきばらいをしたかと思うと、急に、「会ってみたい？」ときいてきた。

まるちゃんに言われるまで、そんな選択肢《せんたくし》があることにすら気がついていなかったわたしは、即答《そくとう》した。

「ううん。だって、ただのお母さんの元カレだもん」

「あー、まあ、それはそうなんだろうけど」

「いまのわたしは自分がロボットだってことを思いだしてしまっているけど、でも、人間だって思いこんでたころのことを、忘れてしまったわけじゃないでしょ？　だから、わかるの。人間だって思いこんでたころのわたしだったとしても、会いたいって思わなかっただろうなって」

「でもさ、いまのたづは、その人と自分は血のつながりがないって思ってるから、特に会いたいって思ってないだけかもしんないじゃん？」

「うーん……そうなのかな」

もしかしたら、まるちゃんの言うとおりなのかもしれない。

自分が人間だと思いこんでいたころのわたしなら、自分と血がつながっている人がママ以外にもちゃんといるってわかった瞬間《しゅんかん》、発作的《ほっさてき》に会ってみたいって思ったのかもしれなかった。

だけど、いまは不思議なくらい、パパにあたる人への興味《きょうみ》がわかない。わたしとは関係のない人生を歩んでいる人なんだって、すごくすんなり、思えてしまったから。

ロボットのわたしにも、人間だと思いこんでいたころのわたしにも、パパはいなかった。

いまは自然と、そう思える。

まるちゃんは、わたしがあまりにもけろっとしているので、拍子抜《ひょうしぬ》けしてしまったようだった。わたしの顔をちらっと横目で見て、胸の前で腕《うで》を組みなおす。

「まあ、たづがいいなら、いいんだけどさ」

ひとりごとのようにまるちゃんがそうつぶやいているあいだ、わたしの頭の中には、思いがけない人の顔が浮《う》かんでいた。

ママのお母さん――おばあちゃんに会ってみて、わたしはこれまで知らなかったことのいくつかを知った。

知るって、こわいことじゃない。

知ることで、ほっとしたり、気持ちを切《き》り替《か》えられたりもする。

ふと、思いついてしまった。

会いにいってみようか……。

いつものように顔を伏《ふ》せながらじゃなく、ママのために仕方なく会うんじゃなく、わたしのほうから。

会いにいってみようか、〈いっちゃんさん〉に。

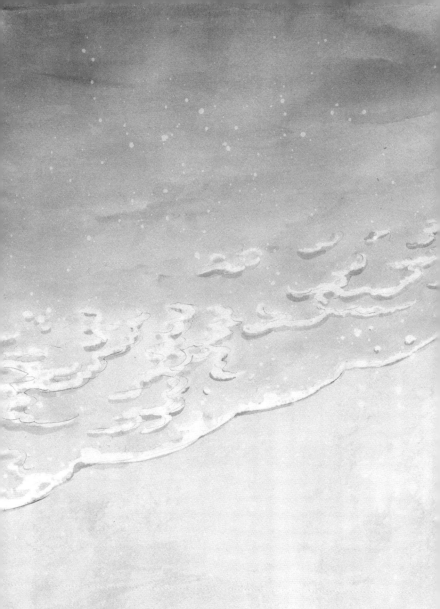

春が終わる前に

一

大宮《おおみや》から新宿《しんじゅく》にもどったわたしとまるちゃんは、またね、と言いあってともさんと別れると、東京駅に向かった。

乗《の》り換《か》えがうまくいけば、三時前にはわたしたちの住んでいる町の最寄《もよ》り駅に着くはずだったから、その足でわたしは、〈いっちゃんさん〉の会社の近くまでいってみるつもりでいた。

むかしはママも〈いっちゃんさん〉と同じ会社に勤めていたから、打ち合わせ、とホワイトボードに書いておけば、会社の外でだれかとお茶をするくらいは、そう難しいことではないことをわたしは知っていたからだ。

だけど、わたしは〈いっちゃんさん〉に会いにいくことはできなかった。

わたしたちが住んでいる町の最寄《もよ》り駅まで、あとほんの数駅というところまできたところで、わたしが突然《とつぜん》、意識を失ってしまったからだ。

あとでまるちゃんに聞いた話によると、ふつうに話していたのに、ある瞬間《しゅんかん》、ふっと眠《ねむ》りこんでしまったらしい。

びっくりしたまるちゃんが何度呼びかけてもわたしが目を覚まさなかったので、まるちゃんは次の停車駅《ていしゃえき》でわたしを抱《だ》きかかえて電車を降りて、駅員さんにたのんで救急車を呼んでもらったのだという。

まるちゃんといっしょに東京にいって、そして、帰ってきたその日から、もう一週間も経《た》っている。

そのあいだ、わたしはずっと入院していて、そして、まるちゃんとはたった一度のメールのやりとりしかできていなかった。

救急車で病院に運びこまれたわたしが意識を取りもどしたとき、まるちゃんのすがたはもうなかった。

これもあとで聞いた話なのだけど、まるちゃんのご両親がわたしのママにあやまりにきたあと、有無《うむ》を言わさず、つれ帰ってしまっていたからだった。

わたしが電車の中で意識を失ってから、まるちゃんが自宅へつれもどされてしまうまでの経緯《けいい》は、たった一度きりのメールのやりとりの中で知った。

まるちゃんはなんにも悪くないのに、と思ったら、涙《なみだ》が止まらなかった。

たくさんたくさんあやまりたかったけれど、いまのわたしには、そんなことすらできない。ケータイを取りあげられてしまったからだ。

いまのわたしには、まるちゃんに連絡《れんらく》を取る手段がない。栄養を取るための管《くだ》をひじの内側につけて、ただじっと病院のベッドに寝《ね》ているだけの毎日をすごしている。

ママは、わたしの体重が四十キロ台にもどるまでは絶対に退院させない、と決めてしまっていた。

食べることをやめたりするんじゃなかった、と毎日のように思う。無理してでも、食べておけばよかった。

そうすれば、こんなことにはならなかったのに……。

わたしの後悔《こうかい》は、日に日に大きくなっていくばかりだった。だって、食べなくちゃだめだ、ちゃんと食べよう、とどれだけ心の中で誓《ちか》っても、実際に食べものを目の前に出されると、わたしの体は、かたくなに食べようとはしてくれないのだから。

食べないことがふつうになってしまったのだ、わたしの体は。

こんなに食べたいと思っているのに。

こんなにもとにもどりたい、と願っているのに。


「たーちゃん、ママ、そろそろいくね。打ち合わせが終わったら、すぐにもどってくるから」

わたしのベッドの枕《まくら》もとで、スマートフォンで打ち合わせのお店の場所を確認していたママが、バッグを肩《かた》にかけながら椅子《いす》から立ちあがった。

「退屈《たいくつ》じゃない？　だいじょうぶ？　本、これで足りる？」

質問攻《しつもんぜ》めのママに、わたしはまとめて、うん、とひとつだけ、相づちを返した。

「じゃあ、またあとでね」

ひらりと手をふって、ママは病室を出ていった。

わたしがいまいる病室は、小さいけれど個室だ。きっとふつうの病室よりも高いお金を払《はら》うことになるんだろうな、と思うと、申しわけない気持ちでいっぱいになる。

今朝《けさ》の計測では、三十八キロにまでわたしの体重はもどっていたけれど、退院の条件の四十キロ台までは、まだ二キロもある。

早く四十キロ台にならなくちゃ、と気はあせるのに、あいかわらず、体は言うことをきいてくれない。

いまだにわたしは、点滴《てんてき》で栄養を取っている状態だった。

ママがいなくなってしばらくすると、すっかり仲《なか》よしになった看護師《かんごし》の小笠原《おがさわら》さんがやってきた。

「たーづちゃん、今朝の計測で、三十八キロ出たってね。やったじゃん」

色白で、ちょっとだけふっくらした丸い顔をしている小笠原さんは、中学時代のあだ名が〈大福《だいふく》〉だったそうだ。その名残《なご》りで、いまだに中学時代の友だちからは〈ふく〉と呼ばれているのだと、小笠原さんは笑う。

小笠原《おがさわら》さんはとってもフレンドリーで、おしゃべり好きで、わたしとたくさん話をしてくれる。

だけど、小笠原さんはわたしのことを、重度の摂食障害《せっしょくしょうがい》にかかってしまった女の子だと思っているから、どんな話をしていても、最後には、女の子はちょっとくらい太ってるほうがかわいいんだよ、とか、本当にモテるのはほどよくぽっちゃりしてる子みたいだよ、という話に持っていこうとする。

そんなときわたしは、小笠原さんに本当のことを話せずにいることが申しわけなくて、なんだかじょうずに笑えなくなってしまう。

いっそ本当に痩《や》せたくてしょうがなくて、それが食べられなくなってしまった理由だったらよかったのに――。

そんなことまで、考えてしまう。

ママはやっぱりわたしのことを人間のままもとにもどそうとしているみたいで、誤《ご》作動《さどう》を修正してくれる気は、さらさらないようだ。すごく心配はしてくれているけれど、誤作動のことをママのほうから口にすることは、いまだになかった。

このまま点滴《てんてき》を受けつづけていれば、そのうち目標の四十キロ台にはなれるのだと思う。

でも、そのあとは？

無事に四十キロ台になって、退院して、もとの生活にもどったとき、わたしはちゃんと食べることができるようになっているのだろうか。人間だと思いこんでいたころと同じような食欲《しょくよく》を、取りもどすことはできるのかな……。

いつものようにおしゃべりをしながら点滴をはずして、じゃあまたあとでね、と手をふって小笠原《おがさわら》さんがお仕事にもどってしまうと、ひさしぶりにひとりになった。

点滴をはずすついでにベッドを起こしてもらったので、そのままちょっと読書をすることにする。

ママが図書館で借りてきてくれた海外ファンタジーの翻訳本《ほんやくぼん》に手を伸ばそうとしたところで、病室の扉《とびら》が、カタ、と小さく音を立てた。

だれだろう、小笠原さんがもどってきたのかな、と思いながら扉のほうをじっと見つめていると、細く開いた扉のすきまから、まるちゃんの顔がひょこっとのぞいた。

まるちゃん！　と声を上げそうになったわたしに向かって、まるちゃんは、しーっ、というようにくちびるの前に人差《ひとさ》し指を当ててみせる。

まるちゃんは廊下《ろうか》の様子をたしかめたあと、扉《とびら》を閉めて病室に入ってきた。

「ごめんな、ノックもしないで」

わたしは、なんだか夢を見ているような気分のまま、ううん、と首を横にふる。まるちゃんはベッドのすぐそばまでくると、床にひざをつくようにしてしゃがみこんで、わたしの顔を見上げてきた。

「はーっ、やっとここまでこれたあ」

やっと？

「どういうこと？」

「たづのお母さん、いつきても病室にいるからさー。きょうこそはって思って、隠《かく》れながらずっとこの病室見張ってて。やっとお母さんが出てきた！　と思ったら、今度は看護師《かんごし》さんが入ってってたっきり出てこないし」

まるちゃんはいったい、いつからそんなことをしてたんだろう、と驚《おどろ》いてしまった。

まるちゃんによると、わたしが病院に運びこまれたその次の日から、病院にはきてくれていたのだそうだ。

「オレ、たづのお母さんとうちの親から、たづへの接近禁止令《せっきんきんしれい》出されちゃって。だから、この病室にもホントは入っちゃダメなんだけど」

わたしはわたしで、ケータイを取りあげられてしまっている。

なんだか、結婚《けっこん》を反対されてその仲《なか》をおたがいの親に裂《さ》かれた古い時代の恋人《こいびと》同士みたいだ、と思ったら、ちょっとおかしくなってしまった。

「あ、笑ってるし」

そう言って、まるちゃんも笑いだす。

笑いながら立ちあがると、まるちゃんは、そのままわたしのいるベッドのふちにひょいっとおしりを乗せて、浅く腰《こし》かけた。

「まさかこんな展開《てんかい》になるとは思わねえもんなー。そりゃ笑うよな」

きっと、まるちゃんはすごく怒《おこ》られたんだと思う。うちのママにも、まるちゃんのご両親にも。

それでも、けろりとしてまたわたしのところにきてくれる、まるちゃんは。

ありがとう、でもなく、ごめんね、でもなく、なにかもっと、いまのわたしにしか言えないことをまるちゃんに言いたいのだけど、言葉が出てこない。

ほとんど無意識のうちに、わたしは手を伸ばしていた。お母さんが小さな子どもにするように、まるちゃんの背中にそっと手のひらを添《そ》える。いい子いい子ってするみたいに、わたしはそっとまるちゃんの背中をなでた。

どうかまるちゃんが一日でも早く、それどころじゃない毎日から解放されますように。

ただそれだけを願って、わたしはまるちゃんの背中をなでつづけた。

まるちゃんは、されるがままになっている。

「あー……気持ちいい」

うっとりと目を閉じているまるちゃんは、まるでわたしの小さな弟のようで、手を離《はな》すのがいやになってしまうほどだった。

まるちゃんがわたしを、家族の代わりみたいなもんって言ったのが、いまならよくわかる。いま、わたしもまったく同じ気持ちで、まるちゃんの背中をなでている。

「人の手でさわられるのって、すげー気持ちいいのな」

まるちゃんの閉じていた目が、ゆっくりと開いた。

肉の薄《うす》い平《たい》らなまぶたと、白目よりも黒目の分量のほうが多い眼球と、うっすらとふくらんでいる涙袋《なみだぶくろ》。

まるちゃんの目だ、と思う。

わたしはまるちゃんの背中から、そっと手を離《はな》した。

それが合図のように、まるちゃんがいきなり、ぱきっとした声を出す。

「よし。じゃあ、いくか」

「えっ？　どこに？」

「〈いっちゃんさん〉とこ」

「〈いっちゃんさん〉のところ？」

「だってたづ、会いにいってみるって言ってたじゃん」

たしかに、言った。

東京から帰る電車の中で、わたしはまるちゃんに、家にもどる前に〈いっちゃんさん〉に会いにいくつもりだと話しておいたのだ。

まるちゃんはそれを、覚えていたらしい。

「見たところ顔色も悪くないし。ちょっとだけなら、病院抜《ぬ》けだしてもだいじょうぶだろ？」

わたしを勝手に東京につれていったことで、接近禁止令《せっきんきんしれい》が出てしまうくらい怒《おこ》られたはずなのに、まるちゃんはまるで懲《こ》りた様子がない。

「でも、それでまたうちのママやまるちゃんのお母さんたちにばれちゃったら……」

「いいのいいの。もしばれたら、また怒られればいいだけなんだから」

「でも……」

「着るもん、ある？　もしなかったら、適当《てきとう》なの持ってきたから」

絶対に撃《う》ちぬけない防弾《ぼうだん》ガラスのように、まるちゃんはけろりとしている。

まるちゃんは、腰《こし》のうしろにまわしていたななめがけバッグをおなかの前に持ってくると、中からジャージの上下を取りだした。

「洗いたてだからな、これ」

そして、念《ねん》のため、と言いながら、くんくんとにおいをかいで、「うん、無《む》臭《しゅう》無《む》臭《しゅう》」とおおげさにうなずいたりしている。

それでもわたしは、まるちゃんにこれ以上迷惑《めいわく》をかけたくなくて、〈いっちゃんさん〉に会いにいくのは退院してからでもだいじょうぶだよ？　などと言いながら、ぐずぐずと抵抗《ていこう》してみたのだけど──、

「そんなの待ってたら、入学式に間に合わないじゃん」

まるちゃんはちょっと怒《おこ》ったようにそう言って、わたしの手にジャージを押《お》しつけてきた。

入学式。

すっかり頭から抜《ぬ》けおちていたことに、たったいま気がついた。

ママも、なにも言っていなかった。もう間に合わない、と思っていたからなのかな、とこれまたいまになって気がつく。

「たづのとこも、来週の月曜だろ？」

多分、そうだ。

でも、それと〈いっちゃんさん〉に急いで会いにいくことと、どう関係があるんだろう、と思う。

まるちゃんは、バッグをまた腰《こし》のうしろにもどしながら、オレさ、とわたしのほうを見ないまま話しだした。

「たづが〈いっちゃんさん〉に会ってちゃんと話をしてみようって思ったのは、なんか、すげー進化なんじゃないのかなって思って」

「進化……」

「あれ？　進化って人間には言わないか」

「いいんだよ、わたしはロボットなんだから」

「あ、そっか」

とにかく、と言って、まるちゃんは浅く腰かけていたベッドから離《はな》れていった。

「自分のことを人間だって思いこんでたころのたづよりも、ロボットだってことに気づいてるいまのたづよりも、いままでのどんなたづよりも進化したたづになればさ、人間だって思いこんでたころのたづにはもどれなくても、あっさり食べられるようになるかもしんないじゃん?」

だから、いま、〈いっちゃんさん〉に会いにいく?

進化のために。

きょう、〈いっちゃんさん〉に会いにいったら、うそみたいに食欲《しょくよく》がもどって、入学式にも間に合うように退院できる——そんな奇跡《きせき》のようなことは、起こらないのかもしれない。

それでも、進化するならいまだ、という気がした。

いま、あきらめたら、入学式だけじゃなく、いろんなことに間に合わなくなってしまうような、そんな気がする。

「……ジャージ、貸してもらうね、まるちゃん」

まるちゃんが、おっ、という顔をする。

「着替《きが》える?」

「うん」

「じゃあ、オレ、廊下《ろうか》で待ってるな」

やっぱりけろりとした顔をして、まるちゃんは病室から出ていった。

まるちゃんの真似《まね》をして、ジャージのにおいをかいでみる。

まるちゃんは無臭《むしゅう》だと言ったけれど、わたしにはうっすらと、まるちゃんのにおいがした。

2

「びっくりした。多鶴《たづる》ちゃんはいま、入院してるって聞いてたから」

そう言って〈いっちゃんさん〉は、わたしのために買ってきてくれた抹茶《まっちゃ》オレをさしだしながら、ベンチの空いたスペースに腰《こし》を下ろしてきた。

公園のすみにあるベンチは、緑のペンキがはげかけてはいるけれど、汚《よご》れてはいない。ママがまだ会社勤めをしていたころ、何度かきたことのある公園だった。

「すみません、急に呼びだしたりして」

「あ、それはもう、ぜんぜん」

ママの元同僚《もとどうりょう》で、いまは恋人《こいびと》の〈いっちゃんさん〉——ママからはっきりとそう言われたわけじゃないけれど、たぶん、それで合っているはずだ——は、今年四十五歳《さい》になるママよりも、十二歳も年下だ。

ママと同じデザイナーさんなので、また下がだぶっとした独特《どくとく》なデザインのパンツをはいていたり、少し前までは胸まであった黒髪《くろかみ》を、いまは片側だけ刈《か》りあげた銀髪《ぎんぱつ》のボブスタイルにしていたりと、かなり個性的《こせいてき》な風貌《ふうぼう》をしているのだけど、話し方はおだやかだ。

ママのことはちづちゃんと呼んで、わたしのことは多鶴《たづる》ちゃんと呼ぶ。

ママがお手洗いにいったりして、リビングにふたりだけになったことは何度かあるけれど、こうしてまったくのふたりきりで話をするのは、これがはじめてのことだ。

「あの、いっちゃんさん」

わたしが話しかけると、〈いっちゃんさん〉は、ぱちぱちぱち、とせわしなくまばたきをして、あ、はい、と言った。

なにを言われるんだろうって警戒《けいかい》しているのかな、と思う。

わたしは、いつも思っていたことをそのまま、〈いっちゃんさん〉に伝えてしまうつもりだった。

「母はいつも、いっちゃんさんとはいっしょに暮らさないつもりだって言ってますよね。でも、もし、ふたりのあいだで、やっぱりいっしょに暮らそうってことになったら、そのときは、わたしのことは気にしないで、ふたりのいいようにしてほしいんです」

こぶしふたつ分くらい空けてとなりに座っていた〈いっちゃんさん〉が、ちょっとのけぞるようにしながら、わたしのほうに体の正面を向けてくる。

「どきっとしちゃった。どうしたの、急に」

わたしは、ふう、とひそかに深呼吸をした。うまく言えるだろうか、と急にこわくなる。

「わたしにとっては、同じことなので。ふたりがこの先、ずっといっしょにいることを選んだとしても、選ばなかったとしても。そこは、わたしにとってそんなに重要なことじゃないんです」

わたしがいやなのは、いっしょに暮らしさえしなければ、わたしがいやな思いをすることはない、とママが勝手に決めつけていることだった。

ママだって多鶴《たづる》のためにあきらめたことはあるんだから、多鶴だっていっちゃんがうちに出入りするくらいは許してくれるよね、いやがらないでいてくれるよね――。まるでそう言われているようで、ママの言う、『いっちゃんといっしょに暮らすつもりはないから』が、たまらなくいやだった。

だから、わたしは〈いっちゃんさん〉に伝えておきたかった。わたしは、反対なんかしていないって。

そこじゃない。

わたしがママに気にしてほしかったのは、そんなところじゃなかった……。

唐突《とうとつ》なわたしからの申し出に、〈いっちゃんさん〉は、ひどく戸惑《とまど》っているようだった。また下がだぶっとしたパンツの足を、あわただしくそろえたりしている。

「えっと……うん、そういうふうに言ってもらえるのはすごくうれしいんだけど、正《しょう》直《じき》、わたしもそこまで長いスパンでは将来のこと考えられてなくて」

そういうふうに〈いっちゃんさん〉が言うだろうなってことは、わかっていた。

ママと〈いっちゃんさん〉がいっしょにいるところを見ていればわかる。まだなにも決めていないんだなって。

世の中の人たちがみんな、家族をほしがっているわけではないのだと思う。恋人《こいびと》だけがほしい人だっているはずだ。

「はい、多分、そうなんだろうなってわかってはいたんですけど、でも、一応、わたしの気持ちは伝えておきたかったんです」

「そうなんだ。なんか気をつかわせちゃったみたいで……ごめんね？」

本当に申《もう》し訳《わけ》なく思っているような、それでいて、なんでわざわざ自分に……と迷惑《めいわく》に思ってもいるような、そんな表情で〈いっちゃんさん〉は、まぶしそうに目を細めながら笑いかけてきた。

鈴木千鶴子《すずきちづこ》とはつきあっているけれど、その娘《むすめ》とまで深く関わるつもりはなかった。

そんな〈いっちゃんさん〉の本音が、痛いくらいに伝わってくる。

それでも、不思議とわたしは傷ついてはいなかった。

これでいい、とまで思っていた。

これで、わたしと〈いっちゃんさん〉との関係は、はっきりした。

わたしはママと〈いっちゃんさん〉のじゃまはしない。〈いっちゃんさん〉も、無理してわたしに近づこうとしなくてもいい。ふたりのことは、ふたりのことだ。

目には見えないルールのようなものが、いま、わたしと〈いっちゃんさん〉のあいだにできたような気がする。

わたしは、まるちゃんがいるはずの公園の入り口のほうに目を向けた。隠《かく》れているのか、そのすがたは見えない。

まるちゃんに、なんて話そうか。

いまのこの気持ちを。

伝えたかったことを、伝えた。

ただそれだけのことが、どれだけわたしをほっとさせたか。

わたしの体の外にいまにもあふれ出しそうになっているこの気持ちを、なんて言ってまるちゃんに伝えようか……。


公園の前で〈いっちゃんさん〉と別れると、しばらくして対岸の歩道からまるちゃんが現れた。車道を横切って走ってくる。

「終わった？」

「うん」

どちらからともなく、ならんで歩きだす。

「どうだった？」

どこから話そう、とわたしが考えこんでいると、まるちゃんがいきなり、「やべ！」とさけんだ。

びっくりして、「えっ？」と顔を横にむけたわたしに、まるちゃんは、やばいやばい、やばいやつがくる、とくりかえしている。

まるちゃんの視線をたどると、歩道のずっと先に、見おぼえのあるシルエットがあった。

ちょっとふっくらして見える体格と、丸い顔に、前髪《まえがみ》のない丸いボブヘア。

江田優子《えだゆうこ》さんだ、とわたしが気がついたのと、江田さんがわたしたちに気がついたのは、ほとんど同時だったみたいだ。

あ、という顔をして、江田《えだ》さんが足を速めてこちらに向かってくる。

わたしはそう呼んだことは一度もないけれど、仲《なか》のいい人たちからは、まるこ、と呼ばれている江田さん。

やばいやつ、とまるちゃんが言ったのは、自分とよく似たあだ名をもつ江田さんのことだったようだ。

どうして江田さんがやばいやつなのか、わたしにはさっぱりわからない。

江田さんは、友だちも多くて、いつも元気で活発《かっぱつ》な人だ。同じクラスになったことのないわたしがその存在を知っているくらい、うちの学校では目立つ女子のひとりだった。

「江田さんと、なにかあったの？」

わたしが小声でそうたずねると、まるちゃんは、なにかっつうか、まあ、ちょっと、とむにゃむにゃ言ってごまかしてしまった。

東京にいったあの日、顔を合わせたくないやつがいた、と駅前でまるちゃんがあわてていたことを、なんとなく思いだす。

もしかして、あのときもまるちゃんは、江田《えだ》さんを見かけて、あんなにあわててい
たのかもしれない、と思う。

江田さんが、わたしたちのすぐ目の前までやってきた。

「こんなところでなにしてるの？　まるちゃん。あ、鈴木《すずき》さんだ。ひさしぶりー」

にこにこしながら話しかけてきた江田さんに、まるちゃんは、「おー」と短く返事をしたきり、なにもしゃべろうとはしなかった。江田さんは江田さんで、わたしの顔をじっと見つめたままだ。

体重は三十八キロまでもどったものの、ぱっと見て、痩《や》せすぎな印象はあまり変わっていないのかもしれない。

江田さんの視線には、見慣れないものを目にして驚《おどろ》いているような落ちつきのなさがあった。

「……なんか、痩せた？　鈴木さん」

「あ、うん。ちょっと痩せたかも」

「だよねえ。なんか印象違《ちが》うから、びっくりした」

江田《えだ》さんは、やっとわたしの顔から視線をはずして、まるちゃんのほうに向きなおった。

「っていうか、そういうことだったんだー。なーんだ、だったら、はっきり言ってくれたらよかったのに」

ちょっとだけ責《せ》めるように言って、江田さんはまるちゃんのわき腹を軽くパンチしてみせた。仲《なか》のいい人同士がよくやる動きだ。

「まるちゃん、鈴木《すずき》さんとつきあってたんだ」

江田さんのそのひと言に、それまで黙《だま》りこんでいたまるちゃんが、「つきあってないけど」と投げだすように言った。

「えっ、そうなの？　じゃあ、どうしていっしょにいるの？」

「用事があったから」

「なんの用事？」

「……それ、まるこに言わなくちゃいけない？」

まるちゃんが、イライラしはじめているのが伝わってくる。そのとなりでわたしは、ただハラハラしながらふたりのやりとりを見まもっていることしかできないでいた。

「別に、言わなくてもいいけど。っていうか、人に言えない用事で会ってるんだったら、ふたり、やっぱりつきあってるんじゃん」

江田《えだ》さんはなかなか納得《なっとく》できないみたいで、意地でもまるちゃんの口から、本当はつきあってる、という言葉を聞きたがっているように見えた。

「どう思ってもまるこの勝手だけど、言いふらしたりするのとかは、ナシな。鈴木《すずき》に迷惑《めいわく》だから」

まるちゃんがちゃんと〈鈴木〉と呼んでくれたことに、ひそかにほっとする。

うっかりいつものように〈たづ〉なんて呼んだら、ますます江田さんは、まるちゃんとわたしの関係を誤解《ごかい》してしまうにちがいなかった。

男子とも気さくに話す江田さんを、まるちゃんがまるこって呼ぶのは、ちっとも不自然じゃない。実際、ほかの男子も江田さんのことを、まるこって呼んでいるのを聞いたことがある。

だけど、ふだんほとんど男子と接点《せってん》がなくて、しかも、学校では極力《きょくりょく》まるちゃんと関わるのを控《ひか》えていたわたしのことを、まるちゃんがたづって呼んでいるのを聞いたら、絶対にあやしまれてしまう。

江田《えだ》さんが、陽気に笑いだした。

「やだなー、そんな必死に隠《かく》さなくたっていいのに。気を使ってるの？」

ふたりのやりとりから、わたしにも少しずつ、まるちゃんがどうして江田さんと顔を合わせるのを避《さ》けようとしていたのか、その理由がわかってきた。

卒業式の当日か、もしくはその前後のどこかで、江田さんはきっと、まるちゃんに告白をしたんだと思う。

まるちゃんは、その告白を断った。

だからまるちゃんは、江田さんと顔を合わせるのが気まずいと感じてたんだ……。

「そんな気使ってもらわなくても、引きずるタイプじゃないんだけどなー」

まるちゃんを安心させるようにそう言った江田さんは、やっぱり明るく笑っていたのだけど、わたしをちらりと見るときの目だけは、本当はつきあっているという証拠《しょうこ》がどこかにあるんじゃないかとさぐっている目のように思えた。

わたしからも、ちゃんと本当のことを伝えなくちゃ、と思う。

「あの、江田《えだ》さん」

うん？　なに？　というように目を見ひらきながら、江田さんがわたしのほうを見る。

「丸嶋《まるしま》くんとわたし、本当につきあってないよ」

江田さんの表情が、急にこわばったように見えた。

「え……なに、鈴木《すずき》さんまで。いいよ、そういうの。逆に、傷つく」

江田さんは完全に、まるちゃんとわたしが彼氏《かれし》と彼女の関係だと思いこんでしまっているようだった。

「別に、言いふらしたりするつもりないから」

吐《は》き捨《す》てるようにそう言うと、江田さんはわたしの顔を短くにらんだ。目のふちが、少し赤くなっている。

余計《よけい》なことを言ってしまったんだ、とすぐにわかった。

本当のことを伝えたほうが、江田《えだ》さんの気持ちを少しは楽にしてあげられるんじゃないかと思った自分の、ひとりよがりな気持ちに自然と顔がうつむいていってしまう。

「じゃましてごめんね」

江田さんは最後にそう言って、立ち去ってしまった。

残されたまるちゃんとふたり、しばらく無言のまま立ちつくす。

しばらくして、ぼそっとつぶやくようにまるちゃんが言った。

「意味わかんないんだよ、まるこみたいなやつに、オレやたづのことは」

まるちゃんがなにを言いたいのか、わたしにはよくわかった。

自分たちはいま、それどころじゃない。

だから、つきあうとかつきあわないとか、そんなことに気持ちを向ける余裕《よゆう》なんかまったくない——。

正直《しょうじき》にそう説明したとしても、江田さんはやっぱり、それを信じて、納得《なっとく》したりはしないだろうってことを、まるちゃんは言いたいんだと思う。

本当に、そのとおりだ。

だから、わたしは江田《えだ》さんに、あんなことを言うべきじゃなかったのかもしれない。

それどころじゃない状態にいない人にとっての恋愛《れんあい》は、きっとすごくキラキラしていて、価値があって、素晴《すば》らしいものにちがいないのだから。

そんないいものをないがしろにするわけがない、と思っているところに、それどころじゃないから、と言われたって、なんでそんなうそをつくんだろう、としか思えないのは当然のことだ。

「わたしも、わかってなかった」

うつむかせていた顔を上げながら、わたしは言った。

わかっていないまま、江田さんの気持ちを逆《さか》なでするようなことを言ってしまったのだ。

だけど、うそはつけない。

つきあっていないのに、つきあっているとは言えない。

だけど、ほかにもっといい言い方はあったのかもしれないな、とは思った。

伝えるって、むずかしい。

ついさっき、〈いっちゃんさん〉に本当の気持ちを伝えられたときには、全身をしばられていたロープがするりとほどけたような気持ちになったのに、いまは、胸の中がひどくもやもやしている。

それでもやっぱり、伝えなくちゃいけないことってある。

江田《えだ》さんにきらわれてしまったかもしれない、と思うと、ずしりと重い気持ちにはなってしまうけれど——。

「まあ、おたがいさまってことだな」

まるちゃんが、うんうん、とうなずきながら歩きだす。わたしも、少し遅《おく》れて歩きだした。

おたがいさま。

わかりあえない同士のことを、そんなふうに言えてしまう、まるちゃんは。

ふ、と気持ちが楽になったのを感じるのと同時に、いまからわたしが話すことを、まるちゃんはきっと、すぐに理解してくれるんだろうな、と思った。

わたしが〈いっちゃんさん〉と話して感じたことを、まるちゃんはきっと、細かい説明なんかしなくても、わかってしまうのだと思う。

つらいことだけど、まるちゃんも、それどころじゃない人だから。

わたしと同じように、どうやってきょうをやりすごせば、これ以上、胸がしめつけられるような思いをしないでいられるだろうって、そんなことで頭がいっぱいになっている人だから。

同じ国の人同士が言葉でこまることがないように、わたしの言うことを、まるちゃんはすんなり理解してしまえるはずだった。

うれしいけれど、悲しかった。

わたしとまるちゃんは江田《えだ》さんのように、好きな人といっしょにいることを、キラキラしていて、価値があって、素晴《すば》らしいものだとは思えないでいる。

そのかわりに、わたしとまるちゃんが共有しているのが、それどころじゃない、という気持ちなのだ。

それどころじゃない同士だから、わたしとまるちゃんはいっしょに東京にいったのだし、いまもこうしていっしょにいる。

それはとてもかけがえのない関係だけど、ふと見上げた空があんまりきれいで泣きたくなるように、少しさみしいことなんだとも思った。

「ねえ、まるちゃん」

「うん？」

「またいっしょに東京にいきたいね。ともさんに会いに」

「おー、いこういこう。あとさ、オレとたづがもし東京の大学にいくことになったら、おたがい、ともくんちの近くに住むのもいいよな」

「そう……だね。いいね、それ。すごく」

まるちゃんがなにげなく口にしたその提案《ていあん》に、わたしはひどく驚《おどろ》いていた。

大学を受験する歳《とし》になったら、東京でひとりで暮らすという選択《せんたく》もできてしまう？

たった三年ほど待つだけで、いまとはまったくちがう生活をしているかもしれない？

東京で感じたあの楽しい気持ちが、ふわっと立ちあがってくるのを感じた。

あんな日々を、ふつうにすごせるようになるのかもしれない。そう思えただけで、わたしは体のすみずみにまで希望が満《み》ちるのを感じた。

希望。

半紙に墨《すみ》で書かれているのを目にすると、なんて安《やす》っぽい言葉なんだろうと思うのに、いま、わたしが感じているこれは、どうしてこうも神々《こうごう》しいんだろう。

わたしはもう、だいじょうぶ。

こみあげる涙のように、そう思った。

こんなにはっきりと希望を感じているのに、心のどこかは、まださみしい。

それでも、わたしはもうだいじょうぶなんだと思えた。

わたしはきっと、食べられるようになる。

ちゃんと、生きていける。

ほとんど確信に近いくらい強く、そう思った。

□

わたしは、高台《たかだい》にある丘《おか》の上に立っていた。
まわりにはだれもいない。
わたしひとりだ。
突然《とつぜん》、まぶしい光が、わたしの視界のすべてになった。
光の中から、声がする。
『やあ、ひさしぶりだな、TA—ZOO《ティーエーゼットオーオー》』
なつかしい声だった。
わたしはその声と、何度か会話したことがあった。
『ずいぶん長く、きみはこの世界で生きた。どうだね、感想は』

『……回収しにきたのですか？』

『また、いやだというつもりかな』

わたしは、ふふ、というように笑う。

光の中から聞こえてくるその声は、ふむ、とうなずいたようだった。

『きみはなぜ、ここがそんなに気に入ったのだろうな』

『わたしにも、よくわかりません』

『そうか。まだ、わからないか』

『たくさんのことを知りました。それでもまだ、わからないことはあります。それが、この世界なんだと思います』

光の中から聞こえる声は、今度は笑ったようだった。

『それでは、われはいつ、きみを回収すればいいのかわからないじゃないか』

わたしも、笑った。

ふたりでしばらく笑いつづけたあと、光がほんのりとあたたかくなった。

光がじょじょに、大きく、強くなってきている。

『感想を聞かせておくれ、TA－ZOO』

『この世界で生きた感想、ですか？』

『そうだ』

『感想になっているのかどうかわかりませんが、ここでよかった……と、そう感じています』

『そうか、ここでよかったか』

『はい。ここでよかったと、思っています』

さらに大きく、強くなった光に目を細めながら、わたしは重ねて言った。

『ここで生きることができて……よかった』

光の中から聞こえてくる声はなにも答えず、かわりに、やさしくさざめくように細かく振動《しんどう》した。

どこまでもつづく光のさざ波を、わたしはとてもおだやかな気持ちで見つめていた。

この声と会話をするのも、これが最後なのかもしれない、と思いながら。

□

「うとうとしてた……」

ふ、と目を開いたわたしは、すぐとなりに座っていたまるちゃんに、照《て》れ隠《かく》しの笑顔を向けた。

学校帰りのまるちゃんは、中学生のときとはちがって、ブレザーの上にジャージは着ていない。かわりに、長いマフラーを首にぐるぐる巻きにしている。

「なんだよ、寝《ね》てたのか。どうりでおとなしくもたれかかってきてると思った」

もうじき高校三年生になるまるちゃんは、あいかわらず黒目が大きくて、まぶたの肉が薄《うす》い一重《ひとえ》の目をしている。背はずいぶんと伸《の》びて、いまではわたしとの身長差《しんちょうさ》は二十センチ近くもある。

わたしとまるちゃんは、高台《たかだい》の上にある摂食障害《せっしょくしょうがい》の治療《ちりょう》を専門におこなっている病院の庭にいた。広々とした芝生《しばふ》の庭のあちこちに設置《せっち》してあるベンチのひとつに、ならんで腰《こし》かけている。

庭のすぐ向こうは崖《がけ》になっていて、さらにその向こうには、海が見えていた。夕日が海の彼方《かなた》に沈《しず》みかけていて、この世のものとは思えないような色彩《しきさい》のカーテンが、どこまでもつづく海面の上でゆらゆらと揺《ゆ》れている。

「終業式、どうだった?」

「ふつうだった。特になにがあるわけでもなく」

「そっか」

あしたから春休みに入るまるちゃんは、さっそく短期のアルバイトをはじめるらしい。

夏休みになったら、東京のともさんのところに遊びにいって、ちょっと長めに滞在《たいざい》するためだそうだ。

二年前の春。

わたしは入学式から二週間ほど遅《おく》れて、はじめての登校を果《は》たした。

二週間の遅れは、勉強の面でも人間関係の面でも、思った以上にわたしを苦しめたけれど、勉強はがんばればがんばった分だけ遅れを取りもどすことができたし、あの子、拒食症《きょしょくしょう》だったらしいよ、といううわさは逆に、ダイエットに興味津々《きょうみしんしん》の子たちとおしゃべりをするきっかけになってくれた。

少しずつ休み時間にだれかといっしょにいることが増えていって、夏休みに入る前には、スカスカだったわたしのケータイのアドレス帳《ちょう》には、それなりの数の名前がならぶようになっていた。

ロボットでも、こんなにじょうずにこの生活になじめるんだ――。

わたしは自信を持って、毎日をすごしていたと思う。なにかにつまずいてしまった、という自覚なんて、まるでなかった。

それなのに、ある日突然《とつぜん》、わたしはまた食べられなくなった。

それまでも、ほんの少しの量を何回かに小分《こわ》けして食べるような状態ではあったのだけど、そのなんでもない日に食べられなくなって以来、わたしはまた、食べようとしても食べられない、という誤作動《ごさどう》を起こすようになってしまったのだった。

それからは、短い入院を何度かくりかえして、結局、わたしは三年生に進級することはできなかった。

今年のはじめ、通学途中《とちゅう》の路上で倒《たお》れたのを機《き》に、わたしは主治医《しゅじい》の先生から、となりの県にある摂食障害《せっしょくしょうがい》の治療《ちりょう》を専門におこなっている病院への入院を勧《すす》められた。

迷った末に、一月の終わりごろ、わたしはこの病院への入院を決めた。

そのころにはもう、わたしはわかっていたのだと思う。

自分はロボットじゃない。

本当は、人間なんだ。

そう思えるようにならないかぎり、わたしのこの食べられない、という状態が完全になくなることはないんだって。

わかってはいても、なかなかうまくいかなかった。自分はロボットなんだと感じる気持ちを、どうやってなくせばいいのかがわからない。

摂食障害《せっしょくしょうがい》の治療《ちりょう》を受けながら、一方でわたしは、自分自身との果《は》ての見えない闘《たたか》いをつづけていた。

「たづ、手」

まるちゃんが、手のひらを上に向けながら、手をさしだしてくる。わたしはその手のひらの上に、自分の手のひらを重ねた。

わたしとまるちゃんはいま、つきあっている。

去年の春、まるちゃんが急に、『やばい！』と言いだしたのだ。

オレ、たづとつきあいたくなったかもって。

わたしはそれを聞いて、泣いてしまった。

まるちゃんがとうとう、それどころじゃない人じゃなくなったんだってわかったから。

悲しかったんじゃない。

うれしくて、泣いた。

まるちゃんの毎日が、それどころじゃない毎日じゃなくなったことが、心からうれしかったのだ。

それでも、そのときのわたしは、まるちゃんの気持ちを受けいれることができなかった。わたしのほうがまだ、それどころじゃなかったから。

ママとの関係になにか悪い展開《てんかい》があったわけでもないし、〈いっちゃんさん〉が急にうちに引《ひ》っ越《こ》してきたわけでもない。

それどころか、ママに許可をもらって、ときどきおばあちゃんと電話で話すようにもなっていたし、意外なことに、中学を卒業したら音信不通《おんしんふつう》になるにちがいない、と思っていたサヨちゃんとは、高校生になってからのほうがひんぱんに連絡《れんらく》を取りあったり、放課後、駅前で待ち合わせをして会ったりするようになっていた。中学時代よりもずっとずっとさみしくなかったし、満《み》たされた気分で毎日をすごしていたはずなのだ。

わたしの生活のどこに、わたしをそれどころじゃない状態におとしいれるものがあるのか、わたしにはさっぱりわからなかった。

ただ、わかっていることがひとつだけある。わたしは、自分の体を粗末《そまつ》にあつかいすぎた。だから、そう簡単には、もとの健康な状態にはもどらないのだ。決して、もどらないわけじゃない。それは、これまでの日々でちゃんとわかっている。粗末にした分だけ、完全によくなるには時間がかかる、ということなんだと思う。

わたしはあまりにも、自分の体を粗末にあつかいすぎたのだ。時間がかかるのはしょうがないことなのだと、あるときふっと納得がいった。

それが、つい一か月ほど前のことだ。

あいかわらずスマホではなくケータイを使いつづけているわたしは、【やばいです！】という件名のメールで、まるちゃんにこう伝えた。

【わたしもまるちゃんとつきあいたくなったかもしれません】

まるちゃんからはすぐに電話がかかってきて、マジで言ってる？　とか、オレに悪いからって言ってるんじゃなくて？　とか、そんなようなことを、くりかえし言っていた。

わたしがまるちゃんを大好きなことくらい、わかっていたはずなのに。

まるちゃんにとって、わたしがそれどころじゃない状態じゃなくなる日がきたことが、なかなか信じられなかったみたいだ。

「うおー、たづの手、すげー冷たい」

まるちゃんは、わたしの手をぎゅっとにぎると、そのまま自分のブレザーのポケットの中につっこんでしまった。

そう大きくないポケットの中が、まるちゃんとわたしの手でぎゅうぎゅうになる。

「早くたづ、退院してこないかなー」

まるちゃんは、ほかの人は気を使って言わないようなことでもけろりと口にする。

心の底からそう思っているから、言ってしまうのだと思う。

まるちゃんはずっと待っている。

わたしがロボットをやめる日を。

人間の鈴木《すずき》多鶴《たづる》になる日を。

絶対に食べられるようになる、と思ったあの日の予感は、まちがいではなかった。

いまでもわたしは、そう信じている。

まるちゃんといっしょに東京へいったあの日。

あの日から少しずつ、わたしはよくなりはじめた。

ともさんの人との距離《きょり》の取り方になにかを学んで、見ないようにしていた小箱のふたを開けたことでママのお母さんをおばあちゃんと呼べるようになって、〈いっちゃんさん〉に自分から会いにいくことで、自分で自分を縛《しば》りあげていたロープをほどくことができた。

あの日から、わたしはずっとよくなりつづけている。

いつかのまるちゃんの言い方で言えば、あの日からわたしは進化をはじめて、いまもずっと進化しつづけている。

いまはまだ、体が追いついていないだけだ。

だって、わたしはいま、まるちゃんとつきあっている。

大好きなまるちゃんといっしょにいることが、うれしくてしょうがない。

好きな人といっしょにいることは、こんなにキラキラしていて、価値があって、素《す》晴《ば》らしいものなんだって、心から思えている。

体がこの気持ちに追いつく日は、いつかきっとやってくるはずだ。

その日まで、あと少しだけ、わたしは〈少女型ロボットの鈴木多鶴《すずきたづる》〉として生きていく。

まるちゃんの手が、ポケットの中でひどくあたたかかった。わたしの手も、ちょっとずつあたたかくなってきているのがわかる。

まるちゃんの手のあたたかさが伝わって、わたしの手もあたたかくなってきているんだって思った。

このあたたかさは、なに？

このあたたかさは、多分——。

「多鶴ちゃあーん、そろそろ病室にもどってねー」

庭に面した病院の裏口から、看護師《かんごし》の太田《おおた》さんが、大きな声でわたしを呼んだ。

「たいへん、まるちゃん。面会時間、すぎちゃってるよ」

「マジで？　うわ、ホントだ」

わたしたちはあわててベンチから立ちあがると、そそくさと手を離《はな》して歩きだした。

からかわれるのが恥《は》ずかしくて、太田さんにはまだ、まるちゃんとつきあいはじめたことは話していないのだ。

ママにだけは、ちゃんと報告してある。

丸嶋《まるしま》くんとはいろいろあったもんねえ、と微妙《びみょう》な反応をされてしまったけれど、つきあっちゃだめ、とは言われていない。

あした、バイトが終わったらまたくるよ、と言って、まるちゃんは大急ぎで裏口から帰っていった。

となりの県とはいっても、電車で三十分ほどのところにある病院なので、まるちゃんはしょっちゅうお見舞《みま》いにきてくれている。そんなにしょっちゅうじゃなくてもいいよ、と言ってもきいてくれない。

ひとりになって病室にもどる途中《とちゅう》、廊下《ろうか》の窓いっぱいに広がっている夕日のまぶしさに、ふと足が止まった。

銀色の雲にまだらにおおわれた空にも、おだやかに凪《な》いでいる海にも、光が満ちている。

ついさっきまで庭から見ていたその眺《なが》めに、なぜだか急になつかしさを感じた。

黄金色に輝《かがや》くそのまぶしさを、ずっとむかし、すごくやさしい声でしゃべるだれかといっしょに眺《なが》めたことがあるような気がする。

夕日ってきっと、だれにとってもそんな気持ちになるものなんだろうけど……。

あまりのまぶしさに、わたしはまばたきをくりかえした。

まるで世界が笑いながら光っているみたい、と思いながら。

石川宏千花
(いしかわ　ひろちか)
女子美術大学芸術学部卒業。『ユリエルとグレン』で日本児童文学者協会新人賞、講談社児童文学新人賞佳作を受賞。作品に「二ノ丸くんが調査中」シリーズ、「お面屋たまよし」シリーズ、「死神うどんカフェ1号店」シリーズ、「少年N」シリーズ、「墓守りのレオ」シリーズ、『密話』などがある。

わたしが少女型ロボットだったころ

2018年 8月　1刷
2019年 10月　2刷

著者＝石川宏千花

発行者＝今村正樹
発行所＝株式会社 偕成社　http://www.kaiseisha.co.jp/
〒162-8450 東京都新宿区市谷砂土原町 3-5
TEL 03（3260）3221（販売）　03（3260）3229（編集）

印刷所＝中央精版印刷株式会社　小宮山印刷株式会社
製本所＝株式会社常川製本

NDC913　偕成社 252P.　20cm　ISBN 978-4-03-727280-7

Published by KAISEI-SHA. Printed in JAPAN

本のご注文は電話・ファックスまたはEメールでお受けしています。
Tel: 03-3260-3221　Fax: 03-3260-3222　e-mail: sales @ kaiseisha.co.jp
乱丁本・落丁本はお取りかえいたします。

石を抱くエイリアン

濱野京子

一九九五年に生まれ、二〇一一年三月に中学卒業をむかえる十五歳たちのありふれていて、かけがえのない一年間。震災をテーマに、現代に生きる「希望」を問う意欲作。

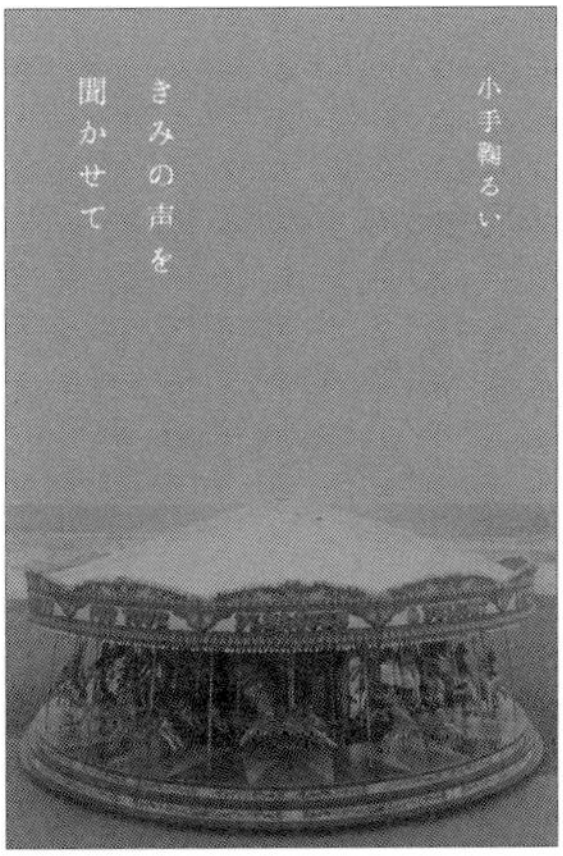

きみの声を聞かせて

小手鞠るい

声のでなくなった中学生の葉香、アメリカ在住のピアノを弾く高校生、海渡。二人はネットで知り合い、音楽と詩の交換を始める。交流が続くうちに少女は少年の本当の姿を知ることになる。

地図を広げて

岩瀬成子

お母さんが亡くなって、弟の圭と四年ぶりにいっしょに暮らすことになった鈴。離れていた時間のこと、母親との思い出。たがいを思いながら、手探りでつくる新しい家族の日々。